六书坊

故乡失落的鸟

谈正衡 著
姚和平 插画

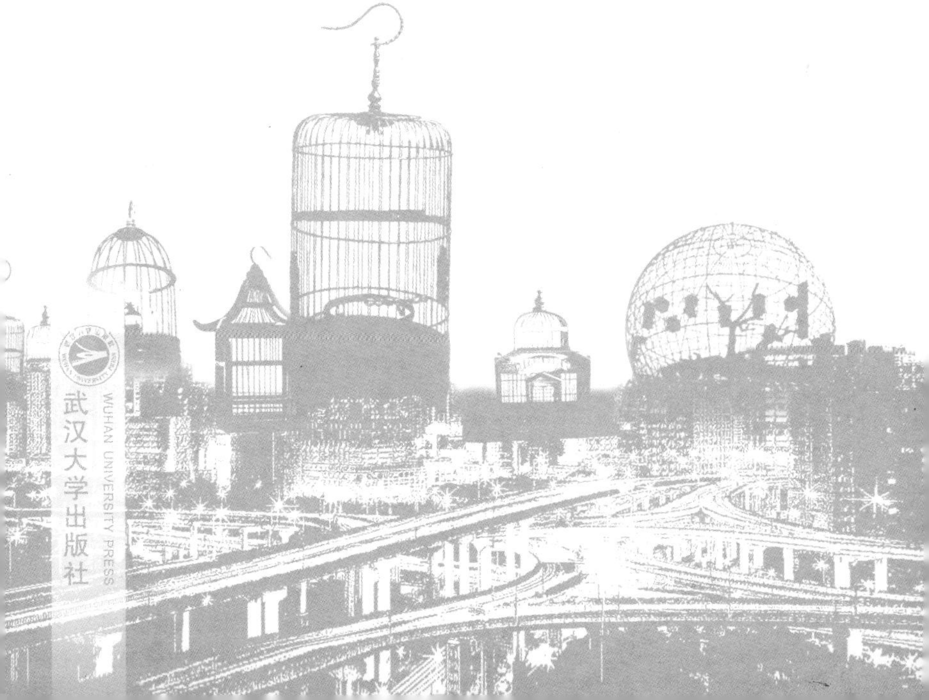

武汉大学出版社
WUHAN UNIVERSITY PRESS

图书在版编目(CIP)数据

故乡失落的鸟/谈正衡著;姚和平插画.—武汉:武汉大学出版社,2013.5

六书坊

ISBN 978-7-307-10529-4

Ⅰ.故… Ⅱ.①谈… ②姚… Ⅲ.①散文集—中国—当代 ②随笔—作品集—中国—当代 Ⅳ.I267

中国版本图书馆 CIP 数据核字(2013)第 039127 号

责任编辑:张福臣　　责任校对:刘　欣　　版式设计:韩闻锦

出版发行:**武汉大学出版社**　(430072　武昌　珞珈山)

(电子邮件:cbs22@whu.edu.cn 网址:www.wdp.com.cn)

印刷:湖北恒泰印务有限公司

开本:880×1230　1/32　印张:6　字数:105 千字　插页:2

版次:2013 年 5 月第 1 版　　2013 年 5 月第 1 次印刷

ISBN 978-7-307-10529-4/I·654　　定价:20.00 元

六书坊

序

远离故乡的天空下，我静静坐在台阶上，一片片落叶，从树上飘下来。

故乡的天空，纯静高远，飞翔着许多肆无忌惮地快乐着的鸟儿。曾经和我们朝夕相伴的可爱鸟儿，承载了那个葱嫩岁月里的每一份沉醉与快意，凝聚了我们对于乡村所有美好的记忆和甜蜜的感受。

纯真的年代，孩子们同鸟儿一样简单和快乐呵。

可是眼下，随着与全球化的经济体系“接轨”的步伐的加快，资源与开发的矛盾、生态环境与经济增长的矛盾，迅速激烈化和外显化。代表着工业文明的楼房、机动车、水泥路已深入乡村的每一寸肌肤，稻田的随意开发，化肥农药的大量使用，水体污染，沟塘淤塞，垃圾遍布……使得大量生物迁移和消失。

何处江南可采莲？经典诗歌和散文中一再吟咏的鱼米之乡已无法再提。

缓缓飞过清水上故乡的那些鸟儿，如今，在哪一片天空下扑扇着翅翼……

目 录
CONTENTS

目 录
CONTENTS

<<<
喜鹊 吕晓闽 摄

花喜鹊报喜不报忧

最先从故乡消失的鸟是喜鹊。在传说中，只有每年七月初七这一天，喜鹊才不见踪影，都飞上天河搭桥去了，让牛郎织女一夕相会……但总不至于这么多年鹊桥不散吧？

说来真叫人难以置信，那么多跳跃鸣叫于记忆中的喜鹊，还有作为乡村风景标志的一个又一个垒于蓝天下高高树梢头的喜鹊窝，竟全都消逝得无踪无影。上个世纪六七十年代，在乡村问路，最常得到的指点，就是让你远远眺望村头或村尾大树上黑疙瘩一样的喜鹊窝。那些村庄都是大同小异，并且似乎整日陷于寂静的风景之中，只有喜鹊活泼而灵动地飞来飞去。喜鹊爱随人，不论在村口、桥头还是田间地垅，都有点头翘尾喳喳叫着的喜鹊伴随身旁。

如果说乡村有灵魂的话，喜鹊就是乡村灵魂附体的鸟。喳——喳喳！喳喳——喳喳喳！叫得脆响，树枝悠悠晃晃。喜鹊叫，喜事到。连宋代的大文豪欧阳修都曾为报喜鸟喜鹊写过赞美诗："鲜鲜毛羽耀明辉，红粉墙头绿树林；日暖风轻言语软，应将喜报主人知。"可见喜鹊不是一般的讨人喜。

外形俊逸的喜鹊，羽色清爽，黑头，黑背，白腹，两肩各有一块白斑，搭配鲜明，清晰爽目。飞行时，拖着一条长尾巴，黑白更加分明醒目。它叫声清脆响亮，且跳且叫，同时尾巴也随之上下翘动，透着一股机灵劲。清晨，门窗打开，迎面树上喜鹊连声鸣叫，顿使人精神为之一振，心底生出快慰。

喜鹊很少结群，多成双成对或四五只一起活动在较为空旷的地方。春天里，两只喜鹊喜结良缘，就从村头地尾衔来一根根细枝，在高高的大树枝杈上搭出一个球形的窝。少年时期的我们，对于神秘的东西，总是遏制不住想探视，于是就爬上大树去看个究竟。平时在树下仰望，喜鹊窝也就篮球那么大，到了近前才知足有洗脸盆大。最让人惊奇的，是喜鹊窝有顶，不像其它鸟窝那样仰口朝天。那些树枝巧妙穿插形成了一个遮风挡雨的盖子，半中间一侧开一个小口，便是进出的门。里面光线和通风都不错，宽敞的圆形空间里，铺有干草、碎布条、白或黑的羽毛，及一些干黄柔软的苔藓，像是一层厚厚的地毯，搞得十分精巧舒适，有一种贴心的温暖。现在想来，喜鹊精益求精，把家室打理到了极致……家是抚慰身心的地方，打理好家也就是打理好自己。只是，住得那么高，夜深人静时，一轮明月悬挂头顶，很容易要对空冥想喔。

对于喜鹊，乡村人有着特殊的情感。顽皮的孩子天生喜欢抓雀掏蛋，却很少朝喜鹊下手。一次，我们有个伙伴上树掏了一对小喜鹊，当晚就得了怪病，腰背不知为何竟直不起来，家里慌忙派人到邻村把最有名望的大爹爹请了来。大爹爹问明情况后，把了脉象，开出几帖药，让赶紧将小喜鹊送回巢。家人于是捧来了那对背上还是一层绒毛、长着一对黑亮眼睛的小喜

<<<
喜鹊　姚和平 画

鹊，你同它们对视时，疑心它们会和人一样有心数哩……我便自告奋勇揽下大任，用书包装了它们挎在肩上，爬上那棵黑皮大桦树几丈高的梢头将小喜鹊送回了家中。两只小鸟失而复得，一直在枝头跳鸣不休的一对老喜鹊立刻安定了下来……我知道，要不是巢里还剩有两只小鸟，老喜鹊啼鸣一天后早就弃巢而去了。数日过去，我们那小伙伴身子终于慢慢变直，最后完好如初。

喜鹊也会玩收藏。我在它们窝里见到过红塑料纽扣、黑黑的小卵石，甚至有一枚闪亮的贰分钱镍币，搞得像财迷一样。喜鹊与老鹰常有摩擦，它们时时三两只一起攻击一只老鹰或者鹞子，要是落了单，则反过来又被追撵，双方均无胜负可言，无论谁都不穷追猛打，戏总是草草开场，匆匆落幕。喜鹊和老鸹（乌鸦）亦是恩怨颇多，它们一主吉喜一报凶兆，但这两种鸟却沾亲带故，同出一源，乡下称喜鹊为“喜鸦鹊”

或是“鸦雀子”。老人训诫自己偷懒的儿孙时，往往会痛心地说：“鸦雀子老鸹子含（衔）来喂你……还要你张嘴哟！”

2000 年秋天，我乘火车去北京，大约是过了山东德州后，偶然才在注目窗外的视野里发现了几对飞翔中的喜鹊，接着，我便看到了许多球结于那些并不高大的意杨树上一个又一个的喜鹊窝。呵，从我故乡消失的喜鹊原来都跑到这里来啦？一阵惊喜后，不禁又悲从中来：“花喜鹊，尾巴长，去了他乡忘了娘……”这是老家早年的乡谣。我那杏花春雨江南的故乡，竟然留不住这些可爱的鸟！

<<<

灰喜鹊 吉像 摄

戴黑头套的灰喜鹊

另一种从故乡消失的鸟是灰喜鹊。灰喜鹊又被称作“山喜鹊”或“山鸦鹊”，还有一个绰号“长尾巴郎”。灰喜鹊稍小于喜鹊，打扮得有点流里流气，头和后颈油光黑亮，灰背，白腹，特爱显摆卖弄天蓝色的双翅和长尾巴。

老家村子后面便是河滩，河滩上草深树密，连绵数里。所谓林子大了什么鸟都有，柳莺、黄鹂、白头翁、野鸡和各种鹭鸟……只要走进树林，到处是鸟叫，随时可见鸟儿振翅高飞的情形。灰喜鹊虽也常来光顾，但它们似乎更爱泡在有炊烟的村庄里。

灰喜鹊没有一时歇的，整天都在找吃。它们成群活跃于村头村尾的树枝间或人家的茅草屋脊上，这里刨那里啄，游击式活动，骤然飞到这里，又一哄而散飞向另一个目标。它们没有方言，所有灰喜鹊都以同一种腔调“嘎——吱、嘎——吱”地吵闹着，不甚畏人。灰喜鹊是捕虫高手，且身手不凡，常见它们头朝下尾朝上倒挂了身子在树干或泥墙上啄食，天牛、放屁虫、土鳖虫，还有茅草屋上给雨水泡出来的骚板虫，逮到什么吃什么。夏天，乌柏树和柿子树上都长了洋辣子。灰喜鹊特别喜欢吃洋辣子，而且处理那种红绿相间的刺毒毛尤有心得……你看它从叶子背面叼起洋辣子后，不忙吃掉，在树枝上几下一蹭，将刺毒毛刮去，然后一仰嘴，美滋滋地吞下。

灰喜鹊智商高，敢进入农舍盗食，该出手时就出手，关键时候决不犹豫和粘糊。所谓艺高胆大，它们能贴近门扉或悬身从窗台上方窥察动静，作案时，通常留有一两只在屋外警戒，其余登堂入食，如果没有危险，则会翻箱倒柜，轮流享受。每至冬腊时节，农家多在户外晒些鸡鸭鱼肉等腊货，最要防备灰喜鹊，稍有不慎，让这样一群戴黑头套、披灰马甲的盗贼得了手，一刀肉或一条鱼就给啄个精光！

灰喜鹊骁勇异常，攻击性特别强，它们为了护雏或守卫领地，也会像喜鹊一样奋起驱逐老鹰，在空中与老鹰纠缠厮打，轮番冲击，老鹰常给啄得羽毛纷飞，落荒而逃。老鹰若想打劫灰喜鹊，只能选择落单掉队的，要是惹怒了鹊群，场面肯定非常难看。

有一次，我路过一处乡间坡地，看见前面有几只灰喜鹊厉声鸣叫着上下扑腾翻飞，似在攻击什么。走近一看，地上躺着一条酒杯粗的受伤的菜瓜色花蛇，那条倒霉的花蛇先还挺起上半身，口中不断吐着红信子进行还击……但经不住一群灰喜鹊轮番从各个角度闪电攻击，渐渐地被扑啄得皮开肉绽软下了身子，连要艰难地游进旁边的深草丛中逃遁也不行，最终，竟给这一群目露凶光的灰喜鹊分食了。

喜鹊、灰喜鹊，还有乌鸦，都是同源的鸟，常在人类身边活动，喜欢噪闹。鸦科的鸟，一般性格凶悍，富于侵略性，常干些无事生非、打家劫舍的恶行，强抢盗吃别的鸟的卵及幼雏。早年间，我见到过乌鸦、

<<<
齐白石 喜鹊 图

喜鹊和灰喜鹊各自组成军团，为了争抢地盘而大打出手。在喜鹊或灰喜鹊成堆的地方，一般就没有乌鸦；乌鸦控制的地盘，也很少看到喜鹊和灰喜鹊。

灰喜鹊从不在我们家乡那里的平原圩区营建窠巢，到了繁殖期，它们就在那些连绵的山岗林间筑巢育雏。不明真相的古人曾抱怨“维鹊有巢，维鸠居之”，即鸠占了鹊巢，这里的鹊指的就是灰喜鹊。其实，呆头呆脑、飞起来像一个沉笃笃葫芦的斑鸠，根本不是喜好打架斗殴的灰喜鹊的对手，它又如何能抢到灰喜鹊的巢？

灰喜鹊因为胆大不怕人，故又是很容易驯养的鸟。记得多年前《安徽日报》曾刊登过一篇通讯，说的是某林场有个姑娘鸣哨指挥着一群灰喜鹊巡回于各个山头捕食松毛虫的故事。姑娘吹着哨子在前面走，一大群灰喜鹊且飞且闹跟在后面，群鹊飞舞，当是壮观之极。

天空还是那天空，白云飘走了，灰喜鹊也走了……岁月匆匆，留下的只有对往昔的怀念。

<<<
八哥 吕晓闽 摄

亦正亦邪是八哥

椋鸟科的八哥，古人雅称鸲鹆，与鹩哥近似但比鹩哥小，全身羽毛漆黑发亮，眼圈金黄，嘴和脚也是黄色，上喙到头前部，有放射形冠羽，连鼻孔旁也耸着一撮黑毛。它们的两翅横贯以白纹，飞行时尤为明显，从下面看宛如“八”字，故有八哥之称。

八哥爱和人间烟火相伴，狗叫鸡鸣相闻才是最好。在乡下行走，常见八哥歪着脑袋像模像样且带几分狡黠地打量人，或聆听周围声响，而对近旁跳来跳去逐着沙子草籽的麻雀们视而不见。因为黑得厉害，使得它们看上去像鬼魅一样举止诡异，动作机警夸张。它们有时也会心安理得地立在水牛或是正在拱食的老母猪背上，或排成一行站在屋脊和电线上吱吱喳喳嚼着舌头……向晚日暮时分，则大群翔舞空中吵闹，给僻静的乡村增添了许多鲜活的热闹。

成语“鸠占鹊巢”还有一个乡间版本，说斑鸠把喜鹊的巢给占了——其实我们早已知道了斑鸠是很老实巴交的主儿，根本没有胆量和计谋去跟喜鹊寻衅结梁子，抢占喜鹊房产的是八哥。八哥好吃懒做，不愿花力气筑巢，它知道喜鹊爱干净，有洁癖，于是就去茅坑或粪堆上打个滚，再一径飞到喜鹊巢中，到处蹭擦，把人家屋里搞得臭哄哄的。喜鹊遇上这等痞子无赖，只好自认倒霉，去别处另辟居室了。

心怀鬼胎，不讲道德，可见八哥决不是什么好鸟。但其自有讨人喜欢之处，八哥聪明，易调教，善仿人言。乡下顽童掏得嘴角嫩黄雏鸟，以笼养之，饲以蚂蚱菜青虫或豆腐什么的，并于端午节那天剪圆舌端，教它说话。到了翅膀上长出长长的有白纹的硬羽，盖住了腹背——也就是土话叫做“穿背搭子”的时候，把它们拿出笼子，向天上一抛，如果它飞在空中打一两个圈，再落回到你的手上或是肩上，这就是“熟雀”了。让它在你的手上或是肩上立着，吃一点东西，在天井里飞几圈后再放进笼子里。夏天里，八哥要爽快，特别爱洗澡，所以笼子里不能少了水，挂鸟笼的地面上常给弄得湿漉漉的。

一只调教好的八哥，不但能讲话还会唱歌，有时绕起舌来闹个没完没了。它不仅会模仿燕子、麻雀、鹁鸪、大山雀等鸟的鸣叫，还会学鸭子的嘎嘎声、猫的喵喵声，狗的汪汪声，甚至还会学打哈欠和婴儿的啼哭。它学鸡叫，从小鸡的叽叽声、母鸡唤叫小鸡的咕咕声、母鸡下蛋时的咯咯嗒声，到公鸡打鸣的喔喔声……就是完整的一套口技。在我们家乡，常以八哥来比喻那些巧言快舌讨人喜爱的女孩子。

八哥的消失，和我们这里的农作物种植结构的改变有很大关系。八哥食性杂，但基本以荤食为主。那时，午季作物如泥豆、草籽、大小麦，种植较多，收获后再灌水翻耕耙耖时，地里大量的蚯蚓和蚱蜢、像甲虫以及草蜘蛛都被抛了出来，便有成群的八哥飞落地头或跟在劳作的牛屁股后面捡食……故每年的五六

<<<
八大山人 八哥 图

月份，八哥天天都能享受盛宴大餐。在绿草如茵的河滩上，悠闲地吃着草的牛，也总是有三两只八哥歇落牛背上，那是因为牛身上可以啄到虮虱和牛虻。牛哩，让八哥清理得异常舒适，尾巴甩打甩打的……这等场景，充满着诗情画意！

那时，八哥多的另一个重要原因，无论乡下还是城镇，都有许多连绵成片的徽式民居可供八哥栖身。这些带有天井附院的老屋宅，鱼鳞瓦覆顶，开片砖砌出空心斗墙，中填黄土。时日一长，墙体上就出现了许多洞窟，蛇溜鼠钻，八哥和麻雀专爱在高处洞窟里营巢建窠。它们都是不甚讲究生活质量的鸟，巢窠里弄得很马虎，稍稍铺些细软干草和羽毛，有时还拖拖拉拉披挂到洞口，一点也不利索。八哥的巢里通常有4到6枚卵，卵呈辉亮的玉蓝色——黑颜色的鸟或家禽，产下的卵多是这种色泽。我们那时要是有谁想弄只小八哥养养，瞅准某个洞窟，算计好那里面的一窝雏鸟羽翼将丰时，就扛了梯子架到灰色斑驳的墙上，爬上去，只管把手伸进洞中，很容易就掏出一只鹅黄色的喙尚未角质化的小八哥，拿回家放入笼子里饲养。八哥性野，好啄人，要是碰上老鸟也在巢中，你就得忍着点痛，只要不给啄到眼睛就行了。

至今犹记得村里断尾的老黑猫，那猫看上去就有点邪门，像个有心机的人，常在墙根下游走，对着那些墙洞发呆。有一天，它上了一棵贴墙生长的歪脖子桑树，趋近一个洞口，学我们模样伸爪朝里掏去。说时迟那时快，就有两只八哥闪电一般飞来，照着老黑猫的头上一顿猛啄……老黑猫没有我们能吃痛，一声惨叫弓身而退，同时扬起爪子使劲朝八哥挥去。两只八哥脖子上一圈毛都竖了起来，也是连连长声厉叫，立刻召来好多同伴，从东西南北几个方向发起攻击。老黑猫频频挥爪自保，狼狈不堪，最后一不留神，竟然失足跌下树来……一场精彩好戏，看得我们把肚子笑痛了。

不幸的是，这些老宅屋纷纷于上个世纪八九十年代消失迨尽……眼下虽仍能见到八哥，却不知它们把家室营建在何处?

<<<
白头翁 吕晓闽 摄

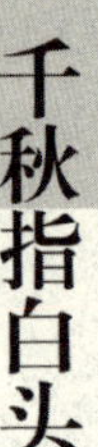

千秋指白头

村里村外，白头翁举目可见。白头翁一身灰衣，虽已白了头，但体态轻盈，毫无老相，还是很讨人喜爱的。

它们三五成群，在矮树梢头或灌木丛的高枝上跳跃，啄食，或飞起来忽闪着翅膀扑捉过往的昆虫。白头翁性格活泼好动，甚至比麻雀的胆子还大，喜欢在你身边飞来飞去，跟你周旋逗乐……生机无限的，还有它们清晰嘹亮、音韵多变的啼鸣。

在乡村行走的时候，常能听到那熟悉的鸣叫："嘟嘟，滴哩嘟——嘟嘟，滴哩嘟——"寻着声音，就看到了路边树上的小鸟，灰蒙蒙的，比麻雀大半个身位，脸上有过眼纹，头顶和颈部有一大块醒目白斑。它们特别喜欢啄食枝头给太阳晒红的小浆果，比如那种耀眼鲜红的枸杞，啄下一粒，抛出，然后快速用嘴接住，犹如玩杂耍一般……吃饱后，就跳到一旁，一边唱着歌，一边梳理羽毛，自在而充盈地挥洒着属于它们的快乐——这是俗世低处的快乐，不靠歌舞管弦宣泄，而是一代一代积攒起来，从生生息息里迸发出来的。

白头翁食性广杂，荤素通吃，春夏繁殖季节以食昆虫为主，秋冬则以果实、种子为食，樟树、女贞、乌桕的果子它们都吃，偶尔也会去别的鸟巢里干点偷盗的事。深秋时树上的柿子红了，几乎所有的鸟都会飞来啄食，白头翁自然也不会放过这顿大餐。

那时，老家院子里有两株桃树。春天，桃树开满花，就有白头翁飞来，在花枝间弹跳，拨弄得花瓣纷纷坠落。忽然，就有一声清脆响亮的歌唱响起，这通常就是一只雄性在求爱了，它要用气韵生动的鸣叫来为自己召来配偶。一旦确定了家庭关系，夫妇俩就开始营造新巢，繁育后代。

对于家室，白头翁远不如其它鸟类那样苛刻，选一处能做依托的杈桠，随便张罗来一些草茎、杂叶和絮毛，就筑成一个深杯状巢。这也是最容易找到的巢，都不高，几乎伸手就能够着，没有一点隐蔽性。乌梢蛇和猫，甚至还有老鼠，都能随时制造出惨祸。我实在不明白，那么多高枝，为什么不选？只能说这种小鸟太自信和快乐了，对于可能出现的危险毫无提防……

这个时期，两只雄性白头翁要是碰到一起，常会掐架打斗，纠缠厮打在一起，像两团风里的树叶一样在地上翻滚。一方将一方按倒后，照着头部猛啄，直啄得嘴上粘满带血的羽毛，那模样看起来异常凶残。而力弱一方，失去还手之力，也不知闪避，只会用脚爪撑住对手的腹部，最后就彻底放弃了抵抗。此时，胜利者会飞到附近的枝头上一边啼叫，一边跳跃，宣告自己的胜出。而斗败的一方，躺在地上小胸脯一起一伏，有的能强撑着站起来，收拢好翅膀飞走，有的则没有这么好运，脸给啄烂，眼睛给啄瞎，甚至当场给啄死。

<<<
宋徽宗 腊梅山禽 图

这边是血腥打斗，树上那些白头翁们依然穿梭在花丛中，自由自在，鸣叫跳跃。在温润的大自然里，在没有袭扰、没有暴力的平静中，它们是快乐的，快乐成一群自由的小鸟。早晨，我常常在睡梦中被它们清亮飞扬的鸣叫声唤醒。

时日不长，繁花落尽的桃树枝头，就挂满了一串串翠碧的小桃，像玛瑙珠子。白头翁叫得少了，总是有一只伏在巢里，另一只在树枝上来回跳几下，就匆匆离去。回来时，叼着满满一嘴昆虫。原来是巢里的小鸟出世了……拥挤的小鸟，一个个张大嘴巴，等待着父母将食物喂进它们的嘴里，滑落咽喉。

这样的日子，总是过得很快。待到院子里另外两棵苦楝树开出一束束幽蓝的小花，桃子由青变红，雏鸟也长成出了成鸟的羽毛。它们离开鸟巢，像父母那样，在枝头上跳来跳去。后来，一个个离开了，只剩下一只空空的巢。再后来，由于采摘桃子，那只空巢被一个亲戚家孩子挑落，我亲眼看着它滚两个旋，就散架了，丝丝缕缕全给吹入风中。

画幅中也常能看到白头翁的身影。宋朝皇帝宋徽宗所作的《腊梅山禽》，画的就是一对白头翁栖息在腊梅之上，并附题诗："山禽矜逸态，梅粉弄清柔，已有丹青约，千秋指白头。"这是往男女情爱那里引申，借着白头翁说事了。但是，倘使宋徽宗仍活在世上的话，我一定要当面问他：白头翁圩区也常见，怎么就成了"山禽"呢?

这么多年来，尽管我仍能轻易在路边的树上看到白头翁在鸣跳……鸟，还是那些鸟，只是物是人非，许多年前那只桃树枝叶间的巢，已随着桃花的飘零，消失在岁月的风中。

春天过了夏天来。五月的苦楝花里，一群白头翁飞来飞去，忽闪着小小的翅膀，在紫蓝细碎的花间寻寻觅觅……不是为了觅食，只为那弥漫在自由空气中一缕清苦的幽香。

<<<
吕晓闽 摄

秋天的啄木鸟

忽然想起，已有好多年没再见过啄木鸟了。河边的那片林子仍在，许多鸟也在，只是……它们会像我一样，常常无来由地思念起某一个秋晨么？

我喜欢秋天的树林，地上潮润润的，布满落叶和蚯蚓的粪便，行走在树下，内心散淡而清凉。但是，林子里的柳树总是很容易枯死，罪魁祸首就是天牛。还有杨树，我们那里喊杨森，因为叶子肥大，风一吹，叶片摆动相击，叭叭的响，又喊成“鬼拍手”，也是好生天牛，钻的一个洞一个洞，还湿漉漉地淌着汁水。这个季节，就有几只啄木鸟飞过来，像拍电报一样，有节奏地在那些快要枯死的树上“笃，笃笃”“笃，笃笃”敲击着，老远便听到声音。

啄木鸟用它那张长嘴这里敲敲，那里磕磕，正是凭着发出回声的不同，来判断树身是不是空的，空的就有蛀虫。一旦确定有情况，它就紧紧地攀在树上，一双脚爪像吸盘一样牢牢吸住树干，头和嘴与树干几乎垂直，照着一个地方一气猛啄，很快啄出一个洞来，剜到了虫子后，就用特别灵活的舌头钩出来。至于藏在树皮下的蟠象、象甲、金龟甲等虫子，被它那么几下一震，仿佛是恐惧的击鼓声响在当头，立即晕头转向，慌不择路逃出，被人家守个正着，擒而食之。皮虫又称小囊虫，粘在树皮上虽然不会动，对树的危害性却不小，而且皮虫一长就是一大片。啄木鸟要是揽上了这事，一般要把整株树的皮虫清除干净才转移到另一棵树上，碰到虫害严重的，就会在这棵树上连续干上几天，直到上上下下将虫子全部找尽为止。

啄木鸟跟翠鸟有点像，比翠鸟大。来我们那里主要有两种，斑姬啄木鸟和大斑啄木鸟。前者黑白相杂的毛色，周身满是密麻麻的小白点；后者白脸，红脑顶，大块黑大块白的羽衣，屁股下面一片殷红，是啄木鸟中最漂亮惹眼的一族。它们嘴壳子超长，且坚硬，不仅能啄开树皮，而且也能凿开坚硬的木质部分。啄木鸟的舌头又细又长，有时你能看到它伸出嘴外像一条蚯蚓那样绞缠扭动，其实那上面有粘液，而且舌尖上有刺一样的倒钩，能灵活地伸进蛀洞，还能顺着蛀洞转弯，把藏得很深的那种白白胖胖有小指头粗细的天牛幼虫连粘带钩地掏出来。啄木鸟的尾巴有点特殊，呈楔形，坚硬有力，且弹性极好，能撑住身子停在树干上啄洞取虫，还能帮助它攀爬树干时保持身体平衡。

秋天薄凉的天气里，啄木鸟总是不停地在林子里飞来穿去，在树干和树枝间以惊人的速度敏捷地跳跃。它能沿着直直的树干快速移动，向上滑跳，倒退着向下反跳，或者向两侧平行转圈……如果你是第一回见识这套身手招式，一定会觉得有趣极了。它要是不想动了，就停下来，头冲着树梢，尾巴像铆钉，铆在树上。

我没有见过啄木鸟在树干上撅着屁股往下倒滑，这可能就像猫爬树一样，上去容易，下来就有点悬了。

<<<
啄木鸟

曾经看过一幅油画，上面画的啄木鸟是头朝下的，我不知道这仅仅是超现实版的炫技表现，还是啄木鸟真的会倒悬了身子在那干活？但有人告诉过我，啄木鸟确实有这个本领，能像倒挂金钩那样头朝下敲树捉虫，只要形势需要，它们是不在乎头朝上还是朝下的。

啄木鸟多数时候都是沉默的，显得特别安静，但它们也会叫，是一种闷闷的“咳儿”、“咳儿”声，似乎还带上点鼻音。啄木鸟的家室不在我们那里，是在山区林子里，它只在每年秋季才巡游到周边地带，稍作小住。

清晨，河边的雾气刚刚升起时，它们就开始干活巡查了，沿着树干向上攀爬，一边攀爬，一边用尖嘴叩敲树干。“笃笃笃，笃笃笃……”的声音，便在寂静的林子里传出很远。

<<<
棕背伯劳

东飞伯劳破夹子

那时，我并不知道这种鸟叫什么名字，听别人喊“破胳子”，后来疑心这个“胳”可能是“夹”的讹音，因为在老家那里都是把“夹”发音成“胳”的。

此鸟有一对黑翅架在棕黄的背上，远看像是被一个夹子夹住……但夹住就夹住了，何来要加上一个“破”？不得而知，或许是要表达某种感情色彩吧。它们如同小巧的灰喜鹊，头与身子的比例也是非常地像，只不过羽色不是灰喜鹊的灰蓝白相间，而是棕黑相间。破夹子并不是我们那地头常住户，只有初夏才看到它们的身影，秋风吹来时就不知飞往哪片天地里去了。

破夹子天生一副好嗓子，叫声激健有力，婉转多变，音质绝佳。暮春季节，轻盈灵动的它们，在高树枝头随心所欲地啼叫着，把一串串华丽的音韵朝外抛撒，简直是口吐莲花。

破夹子自已发声美妙动听，却不该常常掐断别人的鸣叫。一群小鸟吱吱喳喳正叫得欢，突然看到了破夹子飞临，立马就四散而逃。盛夏炎热的中午，所有的鸟都在噤声午休，只有知了在树梢上高鸣，吵得人心烦。突然，就没了声音……接着，就有一阵拖长的“吱——吱——”声传了过来。不用看，就知道那只倒霉的知了是被破夹子衔在嘴里了。

现在我们知道了破夹子是极不好惹的鸟。它的特点，是上嘴尖上有钩，不但捕食知了、蜻蜓、金龟子等，连青蛙、老鼠、四脚蛇和一些个头比它超出的鸟，也敢攻击撕掳，常见它们嘴里血淋淋地衔一块带毛的肉立在树枝上……不看不知道，样子那么可爱、叫声那么动听的一只鸟，居然爱吃生肉，真叫人难以接受。你再去问问那些养蜜蜂的人，他们最怕碰到破夹子，要是有一只这样的鸟守在蜂箱前的树上，蜜蜂可就遭灾了。

破夹子比灰喜鹊小上一大圈，看上去身材修长，曲线玲珑，有点像画眉，但眼部画的不是白线而是一大块黑斑，褐背白肚，翅膀和尾为黑色并带有白色的斑。它们其实就是蒙着黑眼套的强人，经常停在树顶梢或者电线杆子上，转动头颈搜寻食物。一旦它发现目标，就以极快的速度俯冲下去，用它坚硬、钩状的嘴迅速啄死猎物。

村子东边有一棵上了岁数的老槐树，黑黑的树干上长满了青苔，手摸上去湿湿滑滑的，那些粗长的大刺一律黑硬如铁。浓密的树冠间，缀有很多鸟窝，有鹁鸪、白头翁、百舌鸟，尤以麻雀最多，鸟们成天叽叽喳喳，一片热闹繁华景象。有一阵子，忽然树上安静多了，除了寥寥数只鹁鸪和百舌鸟偶尔飞过，麻雀和白头翁消失无踪。那天，我在树下转着看了半天，才看出了名堂，原来有一只破夹子把这棵老槐树当做了暂住处……而且，那只破夹子正在干着一件让我目瞪口呆的事——只见到它一下一下地把嘴朝树上刮擦，原来是衔着一只半大的青蛙努力朝槐树的长刺上戳挂。

<<<
棕背伯劳 吕晓闽 摄

仔细一瞧，就在旁边的一根横枝上，竟钉挂着一排干尸，从外形上看有蚂蚱，有蜥蜴，还有两只带毛的麻雀……我不知道破夹子为什么要干出这等暴尸示众的凶戾残忍事？或许是为了风干收藏，还有就是这样钉挂着可以让它更容易撕扯吞食。难怪一些小鸟见到破夹子，就像老鼠见了猫一样惊恐万状，赶不急地远远逃离开。

破夹子就是伯劳，是我的中学老师熊先生告诉我的。熊先生那时教我们自然和生物，他有一个小小的标本室，还有一张贴在墙上的《常见鸟识别图谱》，那上面写得清清楚楚，说伯劳是一种肉食性的鸟，能在空中捕食飞行的昆虫和小鸟，且好居于树冠上鸣叫。

再后来，我读到了南朝梁武帝萧衍写的《玉台新咏》中《东飞伯劳歌》："东飞伯劳西飞燕，黄姑（牵牛）织女时相见。谁家女儿对门居，开颜发艳照里闾。南窗北牖挂明光，罗帷绮帐脂粉香。女儿年几十五六，窈窕无双颜如玉。三春已暮花从风，空留可怜谁与同。”歌中“东飞伯劳西飞燕”，原本只是表达迁徙的离愁，后人望文生义，引申为“各奔东西”，这就成了成语“劳燕分飞”的出处。还有“日暮伯劳飞，风吹乌臼树”，这是《古诗十九首》里的，再下面几句，就是许多人耳熟能详的“采莲南塘秋，莲花过人头。低头弄莲子，莲子青如水……”

没想到这一直被我们喊做破夹子的伯劳，竟然很有些来头，在中国诗歌史上占据一定位置！

无论什么鸟，一旦进入诗歌的视野，都那么空蒙，甚至凄迷了……只是，这么多年过去，我竟然再没有在野外见到过破夹子。

<<<
黄师娘

黄师娘的前世今生

黄师娘就是黄莺，也是杜甫“两个黄鹂鸣翠柳，一行白鹭上青天”诗中的那个黄鹂。我不知道为什么会被喊作黄师娘，那么乡土化一个俗称，有什么根据？谁又是黄家的师父？

我怀疑黄师娘是否应该写成“黄四娘”才对……杜甫那首《江畔独步寻花》怎么写的？“黄四娘家花满蹊，千朵万朵压枝低；流连戏蝶时时舞，自在娇莺恰恰啼。”晓得了这里的“娇莺”便是黄莺，是不是就同“黄四娘”瓜葛上了，并且立刻就有了文人味哩？有意思的是，《江畔独步寻花》其实是一组诗，共七首，上面引述的是其五，其六是：“黄师塔前江水东，春光懒困倚微风。桃花一簇开无主，可爱深红爱浅红。”由此看来，有“黄师塔”为旁证，“黄师娘”似乎就不会是无中生有平白无故给喊错了。

至今犹记得小时候唱的儿歌：“黄师娘，黄师娘，这树叫到那树上；不想大（爸），不想娘，光想穿身好看的黄衣裳……”

黄师娘窄腰收肩，两翅细长，尾形激凸，曲线玲珑的身段与破夹子相当，在鸟中的个头算是中等偏上。虽是离奢华远着，但一身鲜黄羽色，自有说不尽的姿态妙曼。黄师娘妆容也是不落俗套，嘴色粉红，脸两侧有一道宽阔的黑纹，通过眼周，直达脑枕部。翼和尾的中央亦呈黑色，脚铅蓝色。黄黑搭配，娇俏动人，过目难忘。

黄师娘衣饰华丽，带着文艺腔的鸣声更出彩。暮春时分，天空一碧如洗，地里的油菜花黄着，秧苗绿着，蜂吟蝶飞，凉荫肥绿……你听，黄师娘站在高树梢上叫了，叫得格外圆润嘹亮，低昂有致，长短流利，时而婉转似笙簧，时而又突然尖锐如笛音：克威，克威！克威儿克威儿！喏威喏威！曲曲儿，曲曲儿……变化种种，但一声声啼鸣，尽是它的血脉。

那时，我家后院外面的水塘边有一株刺槐，枝叶婆娑，开满一嘟噜一嘟噜花，于是，便经常成为黄师娘歇脚的地方，似乎每天都歇在一处固定的枝头。这让我每天在梦里就听到鸟叫，直到醒来。到吃早饭时，黄师娘还在叫，一边啼鸣一边弹跳，拨弄得淡紫的花瓣纷纷坠落。清脆响亮的歌唱，流水般随着花瓣一起滑落。所谓江南三月，草长莺飞……要是两只鸟飞来飞去的兜圈子，这通常就是在恋爱了。一旦确定了夫妻关系，这俩口子就开始为自己营建新宅，生儿育女，繁育后代。

黄师娘的窝，与众不同，一眼就能辨出，因为那是一种吊篮状悬巢，是用一些草茎、细根、卷须及蛛丝缀合而成，像马蜂窝一样挂在树上，随风摇曳。这种营巢技术，颇能体现女性的细心和精巧。

我从来没见过鸟卵，但只要看到老鸟衔满一嘴昆虫往哪棵树上飞去，就知是小鸟出生了。有一次，我看到两只黄师娘跟一群喜鹊缠斗，翻上飞下，打斗激

<<<
邮票中的黄鹂

烈，啼声尖利刺耳……原来，那枝杈上摇摇晃晃吊着一个巢。黄师娘一张粉红的大嘴又尖又长，一看就知不是好惹的，只要哪只喜鹊攻近巢边，它就凶狠地啄上去。最终，因为两只黄师娘豁出性命护巢，那群喜鹊竟没能占到便宜。

在民间，黄鼠狼（黄鼬）的口碑一直不好，乡民们却硬说黄鼠狼就是黄师娘的大伯子。弄得黄师娘看到在寻食找吃的黄鼠狼就数落：“你整天这里偷那里摸，把老黄家的脸都丢尽了……为什么就不能学好哩。”黄师娘自己的伙食一直不错，菜单上食物丰盛，荤素兼有，既能衔满一嘴的昆虫，也啄食各类浆果，还看到过它们飞掠水塘上叼鱼。幼雏出了巢，就能跟在老鸟后面飞起落下找吃的，四五只、六七只一起在花树间飞来绕去，能让你看花了眼。一到蚕豆结荚、小麦秀穗的时节，似乎满世界都飞着它们脆黄的身影，高枝跳到低枝上，啁啾个不停。“暮春三月，江南草长，杂花生树，群莺乱飞”，说的就是这场景。

至于黄师娘就是黄莺，我很早就知道了。约是十岁那年，无意中我在母亲衣箱的夹层里看到一张毛笔写的字纸，是父亲的手迹：“打起黄莺儿，莫叫枝上啼；啼时惊妾梦，不得到陕西。”解放初，父亲随部队驻西安，而刚从安徽省委党校毕业的母亲则在家乡南陵县做共青团工作。两地阻隔，思念韧长，父亲才挥笔录下这首古人的诗，并将原诗中“辽”西改成“陕”西。一字之差，心迹昭然。从那以后，我便格外留心起这种文艺腔的脆黄的鸟。

“映阶碧草自春色，隔叶黄鹂空好音”——仍然是老杜穿越时空的声音吧？

如今，轻盈的鸟儿都飞远，飞出了花草疯长的季节，只留下往日身影在诗歌里徘徊……凡是好鸟，都经不起一吟三叹呵！

<<<

枇杷黄鹂(团扇)沙馥1872年作

<<<
白鹡鸰 吕晓闽 摄

悠然自得跑塘脚

有一种鸟，善跑不喜飞，总在河滩水塘湿地上跑，有时候一只，有时候两只，很少看到成群结伙。没有人知道这种鸟应该唤做什么，大家都叫它跑塘脚，还有一个也是很随意赏给的浑名，叫“跑滩鸟”。

跑塘脚长相清新美观，个头跟麻雀差不多大，但比麻雀好看多了，嘴和腿还有尾巴都比麻雀的长，黑白两色比拼的身子，脸和腹部是白色……它们总是在跑，但不是像麻雀和喜鹊那般两脚并拢一蹦一蹦地跳着跑，而是两脚交替地快速跑，并能像叫天子那样一弹一弹地轻快窜飞，翅膀一收一张，起伏不定。但它们根本飞不到叫天子那般高，所以更多时候是在滩地上奔跑，速度很快。

跑塘脚偶尔也飞入静谧的村子里，歇落在场院里或是开满一嘟噜一嘟噜紫色扁豆花的篱笆上，头顶是蓝蓝的天，清澈得让你止不住要出神。有人走出来，它们才啷溜啷溜叫着飞走。在众多的飞鸟中，只有它们的飞行姿势最特别，最吸引眼球。当你沿着曲曲弯弯小路走着，不时从沟沿下飞起一只雀，看那一起一落的飞行，就知是跑塘脚……眨眼间，它已消失在遥远的水湾处，只有那清纯而干净的叫声似乎还留在耳边。

密集的梅雨光顾之后，夏天很快就到了。一连好多天的响晴，水蒸发得厉害，先前被梅雨灌满的浅塘水洼干了，露出青灰色的塘底。拖着弯弯绕绕线路的螺蚌，终于吃不消了，斜插在烂泥中，艰难地苟延残喘着。只有跑塘脚似乎很兴奋，不停地满塘跑来跑去，把一行行精巧细致的小脚印留在潮湿的泥地上。它们跑跑停停，停了又跑，两脚不停地挪动，尾巴一翘一翘地上下摆动着……还边跑边叫，显得悠然自得。有时，别处飞来一只很大的鹭鸟，环绕一圈后，歇落在塘底，慢条斯理地用长嘴往尚存的一点积水里一下一下戳着，捕获鱼虾。这跟跑塘脚并没有利益冲突，跑塘脚只是来来回回在湿泥中寻觅蠕虫，以及长脚蚊子和水蜘蛛，对鱼虾并无欲念。

常跟跑塘脚在一起的，是被喊做“水鸡”的小唧唧鹬。鹬就是在寓言故事里被蚌夹住长嘴而让渔夫捡了个便宜还卖乖的那个呆鸟。但小唧唧鹬并不呆，它比跑塘脚个头大，嘴更长些，也长着一张带眉梢的花脸，飞行及沿泥滩奔跑时，同样会发出细促的唧溜唧溜声。乡下人喜欢乱攀亲戚，硬说跑塘脚是小唧唧鹬的娘舅。别人都是在树上或悬崖石洞里垒窝，这两种鸟却是在水滩边的地面上营巢。没有任何遮挡的巢，只是一个简单的外形，铺几根枯草。卵壳布满褐色的斑点，与地面颜色差不多，不细看，还真的很难发现。幼雏刚孵出来，一身的绒毛，头上几乎还顶着卵壳，就能活泼泼地跟在老鸟身后快速奔跑。

傍水的鸟，我见的多了，但我一直不知道跑塘脚的学名大号。若干年过去后的一天，我翻看一本带插

<<<
吕晓闽 摄

图的百科全书时，忽然瞥见了那个白脸白腹的跑塘脚现身在图谱上，原来，它就是白鹡鸰又名白脸鹡鸰呵！《诗经·小雅》中有“鹡鸰在原，兄弟急难”之句，因其边飞边鸣，呼唤同类，故将鹡鸰比做兄弟手足之情。

我不由地想起了它们那奇异的呈弧形波浪式的飞行姿态，向上飞的时候，确实就是“脊令”“脊令”地叫着，声音尖锐，传得很远……

<<<
翠鸟 吉像 摄

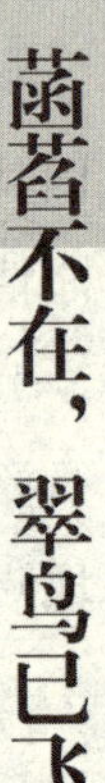

菡萏不在，翠鸟已飞

被喊做“鱼狗子”的翠鸟，有点像啄木鸟，虽然比麻雀大不到多少，但身手不凡，捕鱼本领高超，天生有一种别的鸟无法做到的俯冲绝技。夏日里，你走在水塘边，突然，不知从哪里掠出一只翠鸟，石头一般砸向水面……随着忽啦一声轻响，水面涟漪起处，翠鸟已叼起一条白亮的小鱼飞入塘那边的灌木丛中去了。

能仔细观察翠鸟的机会可以说是非常稀少。翠鸟羽毛以翠绿色为主，呈赤红色的嘴壳是它吃饭的家伙，硬长而强直，有点大得不成比例。翠鸟头顶黑色，额具白领圈，一条亮橙色的眼带贯穿眼睛如同戴了太阳镜，喉部色黄白，像在脖子下面像系了个白色的餐巾。其上体羽蓝色具光泽，下体羽橙棕色，配以宝石红的双腿，在光线照射下，显得异彩纷呈，艳丽夺目！

翠鸟尽管尾巴很短，但飞起来很灵活。它有时紧贴水面直线急掠飞过，并把一串尖细的“唧唧——唧——”鸣叫融入潮湿的空气里。平时，翠鸟像一个孤独的隐者，常常一动不动，仿佛粘在荷花的箭苞或水边的木桩上，缩着脖子静静地盯着水面，一副遗世独立的样子。红莲摇晓，清香弥远，那景致，简直就是一幅静止的国画……但往往就在你一眨眼的当头，一支宝蓝色的箭矢射入水中，待你定睛去看时，只剩水面荡漾的波纹和兀自晃动的枝头了。

翠鸟很少空手而归。运气好的时候，可以难得地看到它很有意思的吃鱼镜头：它衔着鱼的尾部，急遽地摆动大脑袋甩砸在树枝或岩石上，反复很多次，直至将鱼砸晕弄服帖了，才调整好鱼体，头先尾后地吞下去。

盛夏炎热的午后，当隆隆的雷声传到耳底，头顶已是阴云密布。暴雨将临前的池塘，忧郁而宁静，却又积聚了即将爆发的力量，具有一种难以言喻的美。当劲风吹过来，能看到天空有好多鸟儿仄着翅膀急急地飞过……而翠鸟却仍如往常那样一动不动一守在岸边。水底的鱼也兴奋起来，随着风浪渐大，游鱼激蹿到了水面。这时，翠鸟突然出动，像一枚闪光的弹头，刹那间扎进水里，激起一束水柱，旋即又钻出水面……

翠鸟都是隐蔽地独栖在水边，如果相隔十来米出现了另外一只，那肯定就是一对夫妻。我因为好奇，曾下工夫追踪搜觅到一对翠鸟的巢。那是在一处废弃的水闸的陡坝坎下一个极粗糙洞穴，外面有一个枯黑的树桩，树桩下是一层绿茵茵的苔藓，6 枚比蚕豆粒稍大一点的莹白色卵就直接产在巢穴泥地上，竟然一点铺垫也没有。这同它们华丽无比的服饰相比差别太大，翠鸟把日子过得简直太马虎了，要是有人帮着打理或指导一下才好哩。

那时，生产队靠东西两边圩堤分别有两个大水塘，放了几年鱼苗，却收获无多。先是怀疑给人偷捕了，

<<<
八大山人 翠鸟图

后来才弄清，原来那两个鱼塘边各住着一对翠鸟夫妇，每年投放下的小鱼苗，几乎都成了它们大嘴壳中的美食……它们于疾飞中从水面叼起那种小指头粗细的又爱浮聚的鱼秧子，实在是太容易了！后来放养鱼苗，将“春花”换成二两左右的大规格的“冬片”，那美丽的偷鱼贼才无法下手了。但次年春上，老队长却又招呼会计仍订下少量“春花”投放到两个水塘里。

已好多年没见着翠鸟身影了。塘面上，菡萏不在，白鹭已飞。那些往昔的镜面一样的清清水塘，现在都变浅变淤塞，长满令人生厌的水花生和野茭白，要不就是拉满绳子养上蚌，水面富营养化发黑发臭。那么美丽、那么爱清静的翠鸟还会待得下去么……

<<<

董鸡 吕晓闽 摄

咚雀子亦有姓

田里的稻秧长起来，蝌蚪变成拖着尾巴乱蹦的小蛙时，就能听到咚雀子叫了。咚雀子总是在稻秧发棵后才出现，其它季节不知躲到什么地方去了。

通常，咚雀子是只闻其声而难见其影。晨昏时走在水汽迷蒙的乡野上，四周的稻田里，或远或近地响着类似一连串粗闷鼻音那样“克咚——”“克咚——”的鸣叫声，“克”音长，“咚”音短，有时数声连鸣，音程间隔半秒……这种响亮悠远的双音节喘息声，有时也作缓慢的降调颤音。因为持续不断“克咚——！克咚——”，所以此鸟在我们家乡就被唤作咚雀子，也有喊“咚鸡”的。

当你根据叫声确定有一只咚雀子就在近旁，只要隐蔽地伏下身，耐心注视着前方稻棵中的田埂，便能搜觅到啼叫者的身影。它们雌雄差别较大，有时刚好是一只高脚窄臀像穿了紧身裤的雄鸟，上半截黑褐下半身麻灰，挺拔地站立在那里专心一意地啼叫着，或悠闲地踱着步。最醒目标志，是头上长着尖翘的鲜红额甲，像是顶着一个红辣椒。有时，则是一只体型小得多的雌鸟，全身麻灰，有点像鹌鹑，但比鹌鹑大，长嘴细腿，伸张着头颈一探一探地从稻田中机警地走出来，这里啄几下那里刨一刨，或是斜拉开一侧翅膀伸个懒腰……稍有动静，就返身钻回稻田深处。它们像许多涉禽一样，行走时尾翘起，头前后点动，遇上紧急情况，宁肯撩开长腿疾走，也不轻易张开翅膀飞。

当然，咚雀子有时候也飞，那是要从这片稻田去那片稻田，中间却隔着一个水塘或是什么遮掩也没有的荒地，它就笨拙地飞了起来……它的两肋及尾下具栗色及黑白色横斑，飞行时锈褐色的羽翼为明显特征。只是飞行时振翅缓慢，似乎缺少激情，有一下没一下扇动，头颈死劲前伸，双腿下悬，样子有点憋屈。它们伸出黄嘴壳啄食嫩草、花蕾和灌浆的稻粒，也吃螺蛳、水生昆虫以及蚱蜢等。我常想仔细觑清雄鸟嘴梢至头顶那个似冠而非冠的红额甲，不知那是怎么进化来的，有什么作用。最让人搞不懂的，就是这样一副长腿细脖的模样，何以竟能发出那般沉实粗闷的叫声？特别是当梅雨天里，塘满渠平，满田坂的水涨上来了，雨止天晴，斜阳落照，四野清新，高处稻田里，一声声传递着秧鸡响亮悠远的啼鸣……真是让人一辈子都忘不掉的情景呵！

“小小咚鸡下鹅蛋”，是我们家乡的一句俏皮话。咚雀子的个头虽然并不小，差不多有快长成的小母鸡那么大，但这般的身子要下出鹅蛋来，差距还是不小。咚雀子下的蛋是什么样子，我也从未见过，连它的小雏秧子鸟也没见过。尽管它们特别喜爱在我们家乡的那些深绿碧翠的稻田里钻来钻去，并于晨昏时不停地“克咚——！克咚——”啼鸣着，但却不想在那里营建爱巢。怪不得每年稻子收割后，就再也听不到它们的叫声见不着它们身影了。

<<<
董鸡 姚和平 画

自从知道了秧鸡科里有个董鸡属，突然间就恍然大悟，原来，“咚鸡”应该正确写成“董鸡”。这是什么人命名的呵？有一些长得像鸡但彼此之间又有差异的鸟，生活环境各不相同，在秧田里的叫秧鸡，在竹林里的叫竹鸡，在雪原上和松树下还有沙地里钻来钻去的便分别叫雪鸡、松鸡和沙鸡……而这种像鸡的鸟，却给赋予了人的姓氏，赵钱孙李周吴郑王，单单从百家姓里拈出了一个“董”，又是何所根据？就像我们叫水牛、黄牛、牦牛、麝牛以及海牛、蜗牛，都能讲出所以然来，忽然出现了张牛、李牛，你不觉得莫名其妙有点怪怪的吗……还有，那“咚雀子”是否也应名正言顺写成“董雀子”哩？这是很有可能的。

让人郁闷的是，家乡深碧的稻田仍在，湿润的梅雨的季节也年年如期而临，只是那“克咚——！克咚——”的啼鸣已消停多年了。

<<<
苦哇子鸟 姚和平 画

黄梅天气，苦声哇哇

每年暮春，在潮湿的天气里彻夜不停“苦哇”“苦哇”悲啼着的苦恶鸟，是秧鸡的一种，也是背负民间传说最多的一种水鸟。乡民们相信苦恶鸟前身是一个苦媳妇，受恶婆婆虐待折磨而死，化为怨鸟，所以叫出来声音就是“苦哇！苦哇……”在苏东坡、陆放翁等精致文人诗中也有相关吟咏，可见宋朝的古人那里就已经有了这传说。

苦恶鸟分白胸和红脚两种，前者体型要大于后者，活动在我们家乡水塘沼泽间的主要是白胸苦恶鸟。记得有一年，国家农业部曾发布消息：安徽枞阳人感染禽流感病例源锁定红脚秧鸡。红脚秧鸡就是红脚苦恶鸟，这与我家乡的白胸苦恶鸟无涉。

白胸苦恶鸟的体形俏丽，像一只苗条的系着白围裙的小黑母鸡，白额白脸，长着一双模特那样的长腿。它们在水生植物间东一啄西一啄翻拣找食，很用心地寻觅些水蜘蛛、小青蛙以及植物种子。当它们迈着模特的步子踩着漂浮在水面上的芡叶、菱角菜或是野茨菇草行走时，尾部会不时地上下翘动，那些被踩过的芡叶盘的一角会在瞬间塌陷下去，但很快又会从水下浮上来。苦恶鸟十分娴熟地把握着这种技巧，一边行进一边不住机警地抬头张望四周，一有声响，就躲进掩蔽处。苦恶鸟不善飞，起飞前，必得像练水上轻功的侠客那样先在水上拍着翅膀助跑一段距离，在身后拖出长长一道水痕来……虽然它们脚上没有蹼，但游泳、潜水却非常在行。

如果在临水人迹少至的竹枝和灌木荆棘丛中，看到有碗大的一团纠结物，那通常就是苦恶鸟的巢……筑巢材料有细树枝、水草和竹叶等。我查看过它们的窝，每窝都有四五枚以上的卵，卵土黄色，好识别，主要是卵壳上有紫褐色和红棕色的稀疏纵纹和斑点，就像我们常见的鹌鹑蛋。雏鸟浑身乌黑，喜欢撒腿跑，跟家里孵出的十分淘气的的小黑鸡没有区别，只是两只像踩着高跷的细腿特别长，一双小黑豆似的眼睛也更加灵动可爱，而且见到水就能潜下去，显得对于这个世界的悲苦一无所知。这真有点叫人不忍去想：如此可爱的小家伙，长大后，也会在夜深人静时，不住声地“苦哇！苦哇……”啼叫着满腹的辛酸么？

在许多年前的那些五月底六月初的傍晚，走在水塘边，运气好的话，会看到一只体态绰约的白脸苦恶鸟，从荷叶秆下或是野茭白草丛中的水道间悠然游过，后面跟着它的孩子们——长长的一串黑绒绒的小苦恶鸟。它们的身影从水面上静静地掠过，恍惚间，水中如同有着它们说不清的前世。有许多小鱼儿在水皮上跳，大阵的琥珀色蜻蜓兴致盎然地用尾巴点着水，空气中充满了金银花的醉人芳香……突然，一只晚航的大鸟飞过头顶上方，并发出类似打嗝那样的尖锐而又阻塞的叫声。受此惊吓，一阵水花“嚓喇喇”响过，那些可爱的小苦恶鸟仿照着前面的老鸟，屁股一翘，一只跟着一只潜入水底去了。

水底无路可回。花和树，都安然成了背景，这仿佛就是一个有预兆的梦。许多年过去，那些可爱的小生灵竟再也没有浮上来重新出现在我眼前……

<<<
鹬 吕晓闽 摄

水鸡，谁家的娘舅

水鸡的学名大号是矶鹬（yù 玉），别看它们嘴超长，叫起来却细声细气，唧唧唧的，似小鸡，故又被喊成小唧唧鹬。我甚至怀疑是否应该写作“小鸡鸡鹬”才对？

在江南一带，水鸡是一个不确定的泛称，好多地方把苦哇子和夜鹭称做“水鸡”，咚雀子同苦哇子一样都是一种秧鸡，也被喊成“水鸡”，甚至连那种花里胡哨的虎斑大青蛙都被喊成“水鸡”。乡下人比较直观，对于说不清道不明的东西，就根据其形、声或者颜色随意赋名，比如水葫芦、青桩、破夹子、鱼狗子、老鸹枕头等等。倒是在百度里能“度”出一种黑水鸡，看那图片，跟咚雀子除了羽色有差别外，几乎就是一模一样，头上也顶着一个红冠那般的额甲。

“其实，鹬同鸡的相似点真的不多，单是那张超级细长的弯嘴，就把它们跟鸡一下推远了。

“鹬蚌相争，渔翁得利。”这个掌故大家都知道，但认识鹬的人肯定不多。有一个故事却流传甚广，说是一个河蚌在水边张开两扇壳享受阳光的亲吻，一只鹬看见了，连忙飞过去，张嘴就朝白花花蚌肉啄了下去。不料，却被河蚌紧紧夹住了长嘴进退不得。鹬一边挣扎一边恨恨骂道：“今天不下雨，明天不下雨，就能看到一个死蚌硬挺挺！”河蚌对骂：“今天不开口，明天不开口，河边就多了一只死鸟硬翘翘……”两个互不相让，谁也不肯松口。一个摸鱼的老头正巧走来，看到纠缠在一起筋疲力竭的鹬和蚌，不费吹灰之力，就捡了个大便宜。

在水鸟中，水鸡算是比较容易让人辨出的。因为它常单独出现在河边或长满水草的烂泥滩上，行走时总是不停地摇头摆尾。时而低头觅食，时而急行，或轻鸣，或急飞至对岸河畔……要是没有一两只被喊做“跑塘脚”的白脸鹡鸰跑前跑后的陪着，真有点独来独往的意思。

水鸡约有正换毛的鸡崽那么大，脸上稍嫌花哨，翅膀前端有一道内凹的三角形白色区域，和腹部白色连接在一起，像黑白水墨画，这是最显著的辨认标志。它们从头顶到背部都是最为朴素的灰褐色，近看，可以见到其间的黑色横斑细纹，眼睛周围有白色眉线及黑色过眼线。

鹬科的鸟很多，只有水鸡最爱在水边游走。有时，能看到两只或三四只水鸡齐头并进，把细长的嘴一下一下插入烂泥中，搜寻蠕虫和其他食物，场面十分有趣。我看见过一只水鸡从泥水里捞出一只蚂蟥伸颈欲吞下，蚂蟥太大了，又不断扭曲蠕动，它连吞了几次，都没能成功。大约怕给噎死，最终还是放弃了。至于它们是不是因为眼馋白花花的蚌肉，一时失嘴而把自己弄到了进退两难的地步……终归是一桩悬案。水鸡要是受到惊吓，则换了一个嗓门高声喧噪，并飞快地跑开，或贴近水面起飞。

每年5月间，水鸡进入婚配期。此时雄鸟叫声频繁，音色悦耳，经常不停地飞鸣。有时能看到两只鸟飞到村子上空盘旋，或穿梭于树林之间……互相追逐，嬉戏。性爱高潮大多在滩地上进行，通常是雌鸟淡定地站立，伸颈扭头，一边朝四周观望，一边注视着那口子的动态，并且不时地鸣唧几声。然后雄鸟来到它的身边，两脚不停地挪动，一跳，上到雌鸟的背上，同时将双翅张开保持平衡。雌鸟则将尾羽上翘，双方尾羽左右摆动，发出欢快的叫声……高潮结束，雄鸟飞到一边，抖动身体，疏松全身的羽毛。雌鸟有时停留在原地似出神，有时也抖抖身子后尾随夫君而去。

水鸡的巢，是我见过的最没激情和想象力的巢，简陋得惨不忍睹，通常就筑在地面浅陷处，随意铺点草茎枝叶，弄成浅碟状就成了。但它们智商却并不低，雏鸟孵出后即可独立活动。遇有天敌来袭，成鸟会佯装断翅或跛腿状跑动，将捕食者从幼鸟身边引开。

夕阳下，一只水鸡站在河岸边的浅水中。微风吹拂，它的影子一折一折地轻轻漾动着……让我的心分外沉静。

青桩的飞行姿势

那时走在圩野里，常能看到一只大鸟，蜷缩起一只脚，做金鸡独立状立于漠漠水田或远离人烟的沟港河汉边，这就是青桩。

青桩，有的地方又喊做“老等”，学名应该叫苍鹭。它体形巨大，有半人高，比其他白色和灰褐鹭鸟大许多，立着的时候，翅膀收拢，是青灰色的，只有飞起来之后，才会露出里面的白羽。青桩的起飞和降落，都很好看。尤其是飞行时姿势优雅，负着瓦蓝的天空，缓慢而沉静有力地拍扇着翅膀。我曾在自己的一部中篇小说《荷塘》中描述过飞行的青桩：“一只大鸟似从天外飞来，悠悠地歇落在不远处的塘梢浅水湾那儿……过了一会，那大鸟似乎受了惊扰，突然张开翅膀飞了起来。它飞得并不高，两条长腿斜斜地伸在后面，转了一个弯后开始升高，平缓地在空中划出一道弧线，悠悠拍扇着翅翼，朝有着连绵山影的远方飞走了。”

在那片柔软潮润的童年时的圩野里，常轻盈地行走着红棕色池鹭和牛背鹭的身影。这些体形不小的鸟，爱把自己一行行竹叶般“个”字趾印留在湿地上，它们那对翅羽，像文人附庸风雅的折扇，抖开又折起，折起又抖开。而站姿高直的青桩，则像钉牢不动的树桩那样静立着，无悲无喜，无怨无艾，看上去就是一副天生没有尘缘的模样。其实，青桩并非一动不动，它有时也会从容地撩起长腿朝前走一两步，从上方往下刺戳一些鱼虾螺蚬或是青蛙水蛇什么的。

每每这时，我总是与它保持一定的距离，望着它，不让它受惊扰。我觉得，再没有一只鸟或是一个人比青桩更孤独和抑郁了，整天就那么孤零零地站立着，孤零零地飞过清晨或傍晚的天空……连一个对话的伴都没有，也没见它什么时候领过孩子，它有家园吗，它的爱巢在什么地方呢？或许，它根本就没有家，它的故乡早已空空荡荡，再也回不去了……

青桩的静默，开掘了我童年的深度。

夏天里，水蒸发得厉害，一些露出新鲜泥滩的鱼塘边常能看到缩头孤立的青桩，别看身架那么大，但它吃得并不多，所以养鱼人也不怎么驱赶。它也从不会去刻意寻找食物，吃饱了，就把头与喙蜷缩在羽毛里，开始休息，任那些长脚蚊子、水蜘蛛还有开着四瓣小白花的野菱角菜活动散布在它的身边四周。有一种叫做白脸鹡鸰的小鸟，好似系着黑色小头巾、扎着白围裙小姑娘，就爱围着青桩两脚湿漉漉地跑来跑去的。而在水塘那边，一些垒得高高的稻草堆在水面上映现出它们沉沉的倒影。

青桩只在黄昏和夜晚时才叫，叫声不太好听，像被什么扼住喉咙，是那种努力要冲破阻塞的“哑——呕！哑——呕！”声，我们家乡俚话“日里青桩，夜里鬼汪”，如果是一个人孤身行走在暮色昏冥的野外，这种声音传入耳中，的确有点恐怖。

不见青桩已久了。与田园的生疏，总是让人失落无措，让人很难感应到万物发荣滋长的季节征候。

对于我来说，青桩那种古典而唯美的飞行的姿势，肯定具有某种启示，我童年的目光常追随着它们远飞的身影……而今，它们在哪一片天空下拍扇着翅翼哩？

<<<
夜鹭 吕晓闽 摄

飞入冥蒙里的夜哇子

我过了许多年才弄清，原来，夜哇子就是夜鹭，夜鹭便是夜哇子。这种水鸟也被喊成“水老鸹”，因为它常在幽冥的夜色中飞行，并发出非同凡响的如同人咳呛般“哇咳”、“哇咳”声。

溪流水塘和江河沼泽还有水田里，是夜哇子栖息和讨生活的场所。夜哇子在晨昏和夜间飞行或觅食，白天藏匿于林中僻静处，或三三两两分开栖息在沟坎、涵洞或水塘小岛上的灌丛中。那些缠绵纠结的树枝，你搭了我的腰身，我勾了你的臂膀，挤得密不透风……某只形单影只的夜哇子就缩着颈站立枝头，偶尔梳理一下羽毛，有时也单腿站立，身体呈驼背状，大多数时间一动不动，于外界浑然不觉，仿佛忘记了时光流转，显得很是寂寥。当你走到跟前时，它才扑哧一声突然从水边或是树丛中冲出，边飞边鸣，鸣声单凋而粗犷，是一种轻易不吐的“呱——呱呱”的深沉喉音。这让你无法不对这种水鸟另眼相看，仿佛它们能飞往另一个世界的窗口。

夜哇子都是夜行客。在江南水乡做夜生活的，除了起早摸晚的行路人，就是给扬花的稻田放水的起夜人，还有顶着一头露水夜渔的人。我就是在一个早起打鱼人那里第一次见识了夜哇子的真容。那是一个四野蒙着薄雾的清晨，因为贪吃，它被缠在丝网上动弹不得，努力大睁着一双褐黄的眼睛，偶尔奋力挣扎一下翅和腿。夜哇子着实有点丑，头大，嘴尖，颈短，腿也不长，如同一只半大的黑麻鸡，很健壮的样子，一点不像一只涉禽那般瘦骨伶仃。身上着色，除了两道淡白的眉纹，头颈及背部皆绿黑，且具金属光泽，肚腹则为灰白色。最为挑眼的，是它的头枕部后面拖着几根半尺长的白色饰羽，下垂至墨黑的背上，仿佛大清官员帽子后面拖的那玩艺。据说，这几根毛可是一宝，能破天风抽筋，所以乡人有理由相信这种水鸟能带来好运。

而对于我来说，很难忘怀的，是夜哇子的那双眼和那眼底的神情……它们犹如我脑中的金甲虫，一直飞在花丛里五月的夜。

夜哇子主要以鱼虾、蛇蛙以及水生昆虫为食，有时连那种在水里一伸一缩的蚂蟥也吃。通常于黄昏以后从栖息地分散成小群出来，三三两两的于水边浅水处涉水觅食，也常叉开两条细腿伫立在水边或伸向水面的树枝上等候猎物，眼睛紧紧地盯牢水中……只要站据了一个好位置，好像曲水流觞一样，就有游鱼随着流水来到脚边。树在晚风中摆动着，把一些影有一阵没一阵的投到水面上，梦牵魂萦的样子。待到清晨太阳出来了，夜哇子就陆续收工，回到树上隐蔽处休息。

其实，夜哇子白天也是干活的。你只要留心观察，在一些隐蔽的岸边，夜哇子站在突入水中的岩石上，有时是一截插入水中的长了茸茸绿藓的树桩上，风吹

<<<
夜鹭 吕晓闽 摄

来，水一拍一拍地打着，一旦有鱼出现，就给予致命一击。夜哇子每次出击，都是将头一下插入水中，有时有收获，有时则要打蛇随棍上紧追过去连着来几下。即使扑了空什么也没捞着，它们也没有一点懊恼或灰心丧气的样子。

初秋的早晨，水塘里溶氧降低，鱼儿闷得受不了，就会浮头张嘴吸氧……夜哇子们不会坐失这样的良机，几只联手一起从空中朝鱼群冲击。谁运气好，逮到了鱼，就飞上树梢缓一口气，再叼到僻静处吞食。夜哇子捕捉较小的鱼，用上下喙夹住，而撞上稍大的鱼，就用上喙一下刺透鱼体，再牢牢夹住。

它们在树上结巢，每当两邻居在巢边相遇，就高耸头颈部标羽，并发声互致问候，不了解情况的还以为它们要打架哩。要想看到夜哇子喂食，则不太容易，需要较好的耐心和运气。

圩野上，总是有一处处清漪的水塘，一片片竹树杂合的林子，那丝丝的阴凉之气，以及淋淋漓漓的一地白石灰水一样腥浓的粪溺，跟夜哇子的心性很是熨贴。

天晚时分，当你看到一只水鸟奋力地振翅飞行在昏冥的暮色里，你不知道它的底细，不知道它从哪里飞来，又向哪里飞去？杨柳岸，晓风残月……它有归宿吗，何处才是它的家园……

<<<

夜鹭图

<<<
牛背鹭 吕晓闽 摄

牛背鹭的修行

在我的老家，牛背鹭被喊做“牛屎鹤”，那个“鹤”的发音，听起来就是一个“喔”。

江南的河流，就像树上的枝，枝上的叶，叶上的经络，数也数不过来。有水道，自然就有悠悠地来了又悠悠转去的行船，总是有几只水鸟跟了船走，呱呱地叫几声，又飞走了。这是水鸟，绝不是鹭鸟，鹭鸟都是远离是非和热闹的。比如，一座长时没有人行过的石桥，很是天老地荒，桥头或许就立着一只两只牛背鹭。

桥下的水，日夜不歇地流着，该留的留，该去的去，日复一日……有时，从河的上游不知怎么就漂来了长长一溜木排或是竹筏，排上搭着小棚，一只或两只牛背鹭，缩着颈子静静地立在排尾，被风领航，载向远方。牛背鹭的柴米生涯，就是这样在几乎静止的时光里一点点积攒起来的。

牛背鹭更喜欢站在牛背上，或跟在犁田的牛后面啄食，所以它们又被唤做“放牛郎”。在牛儿刚啃过的草地上，蚂蚱、草蛉和指头盖大的小土蛙乱蹦着，牛背鹭在一旁逮个正着。它们这样捞食，省心省力，也足以果腹。牛背鹭不偷懒，不浪费，也不贪求，挣一点吃一点。有意思的是，离村庄近，牛背上歇落着浑身漆黑的八哥，八哥好动，似乎永不满足。而一旦离村庄人烟稍远，牛背上就换成了这种白鸟。一黑一白，一动一静，解读着各自的生活观。

蓝蓝的天空，绿绿的村林，青青的草地，静静的河湾……夏天里，一只水牛把身子浸在河水里打汪，露出水面的头和一小截背上，竟然也立着两只牛背鹭。

牛背鹭一举一动，就是一个神情闲逸。闲逸，也是一种境界。没有了牛时，它们就三三两两静止着。一边是此岸，另一边是彼岸，被一道清粼粼的河水隔开。两边绿茸茸的滩涂上，几只单腿站立的牛背鹭，一律把颈缩成“S”形。时光仿佛凝滞了，真是要多静有多静……尘杂，喧闹，一切都是那么遥远。

牛背鹭也会歇在一棵孤立的树上，有人走近，不惊，也不怪。细雨纷纷的清明天气里，视野中，景物朦胧，心里也朦胧，唯有那一点一点的白，显得分外挑眼。到了傍晚，西天染红，是它们回归时分，回归某一片林子里的枝头……你看到它们双腿朝后一撑，扇开两翅，就飞了起来。

夏日来临，气温升高。在漠漠的水田之上，牛背鹭翩翩飞舞。那洁白的羽毛软软的，在空气里悄无声息地飞过，便如一朵轻盈的白云，淡淡地飘远了，自由，宁静。如果它们正巧从你头顶飞过，你会看清它们将头缩到背上，颈向下突出，像坠着一个喉囊……飞行高度较低，缓慢而从容地鼓动两翅，脚向后直伸，努力飞成条直线。

<<<
姚和平 画

书上说，牛背鹭是唯一不以鱼虾为生的鹭鸟，但我知道它们还是乐于在水田或浅水区摸鱼捉鳅。你看，它们颀长的腿、细长的颈项、尖尖的长喙就是为适应浅水、沼泽而从胚胎里带来的。

牛背鹭的羽毛色会变化，到了繁殖期，头颈就呈现橙黄色，并且，背上也有一束桂皮红棕色蓑羽，向后延伸至尾羽末端。牛背鹭平时没有巢，时近初夏，才搜罗建材搭巢，且喜欢许多家住到一起，也常与白鹭和夜鹭做邻居，搞得像一个拥挤的住宅小区。它们的巢，比较缺乏想像力，千篇一律，由枯枝构成，内垫少许干草。卵浅蓝色，比鸡蛋略小，每窝不超过 10 枚。因为没有卫生管理，从树上到树下淋淋漓漓撒满白色鸟粪，老远就腥臭扑鼻。

牛背鹭恋旧，它们一旦看上了哪一片临水的林子，就死心塌地成为这里的长住户。每天傍晚，几十只、上百只牛背鹭呱呱喧噪着，时而腾空盘旋，时而歇落枝头。

次日一早，一群白色的鸟静静地围着的一头又一头水牛。太阳升高了，绿色的河滩上，像撒落一片片白色花瓣……

<<<
小鹏鹏 吕晓闽 摄

并非无名之辈的水葫芦

“水葫芦”只是一个充满乡土意味的绰号，一般人都搞不清楚确切称呼，而把它们当作野鸭子。其实，它们并非无名之辈，它们真正的学名叫“䴙䴘”（读作“辟递”），很生冷古怪，拗口难念，大大影响了知名度。

水道成网的江南，圩堤如影随形，那时我们这些总爱惹出一些事端的孩子站在圩堤上，只要一看到它们，就戏谑地跳脚喊：“水葫芦不怕丑，上面穿棉袄，下面打光鸟……哦嘘！哦嘘！”那“不怕丑”的“水葫芦”其实很害羞，屁股一撅，躲水底下去了。

水葫芦腹部着灰白羽，远看似为不讲文明地光着下身，这冤枉它们了。而撅屁股扎猛子则是潜鸭家族的看家本领，我们注意到，家鸭也常撅屁股扎猛子从水下找那些小鱼虾和螺蛳来填腹。只是这种不是那么太善飞的貌似小潜鸭的水鸟的体形实在太小了。但它们根本不是鸭子，只是潜水的招路有点像鸭子……首先，它们没有鸭子那样的尾羽，圆圆的屁股上是一团松松的白毛，看起来几乎就是光秃秃的没有尾巴。其次，它们尖细的嘴也与鸭子的扁嘴不同，这像凿子一样的尖嘴，作用是可以快捷地叼住小鱼小虾。还有它们白圈的眼睛也很特别，瞳仁亮闪闪的，嘴角也有白边，花哨的眉纹，更像画的戏装。

水葫芦体形较圆，一律灰头灰脑，模样跟浮在水面的鹈鸪极相似。有趣的是，鹈鸪中最小最不起眼的一类，也有个浑号叫药葫芦，那种体型中等的赭红色鹈鸪，则叫火葫芦。

水葫芦虽不是什么季节性候鸟，但秋冬时候才更容易看到。它们三五只、十来只一起，若即若离地分散在那种大塘的宽敞水面上，伴着尖细的唧唧、唧唧鸣叫，这边一只扎猛子下去，那边一只冒出水面，然后甩甩头，继续在水面晃荡。有时你数花了眼，也没弄清它们到底有多少只。

看得出来，它们不是那么容易沟通，相互之间都保持着一点距离，从不扎堆在一起追逐嬉乐或弄出眉目传情什么的风流韵事来。当然，它们心情稍好的时候，也会在水面上悠然自得地梳理羽毛。悠悠的风儿将它们啄下的乱羽打着旋旋吹向岸旁，只有这时你才能数清它们的数目。和家鸭不同，家鸭通常只是像鹅那样倒翻着一对淡红的脚蹼在近岸浅水区潜泳觅食，累了就到草墩高地上歇一会子……水葫芦却总是长时间在深塘广水之下搜觅那些小鱼虾和螺蛳，技术含量肯定要高得多。它们游动时，水面上就分出两条剪刀形浪线，向着后方延伸，扩展。

水葫芦翅膀短，不是迫不得已很少起飞。突然受到惊吓时，可以像展示轻功一样一路打起水花跃离水面，几乎贴着水面飞上两圈或直线飞翔一段，便回到

<<<
小䴙䴘 吕晓闽 摄

原地或者径直潜入水下——毕竟潜水才是它的强项。水葫芦从来不上岸，连夜里睡觉也如同一个不沉的葫芦那样漂浮在水上。一般来说，它们只要选择了一处水面，就不再轻易离开。

夏天过完了，秋天也过到了头，严冬来临。风从圩野上吹过，悉悉窣窣地响，早晚两头冷得厉害。从岸边开始，水面结冰，角角落落都是寒气，水葫芦就一点点退往水塘的中心，只有这时才彼此靠得很近。直到最后的水面也被封死，它们才不得不于暮色中声息全无地悄悄飞离。“日暮乡关何处是”，几乎所有的水鸟都在朦胧的暮色中飞行，恐怕也是情非得已。但是在大范围严寒区域，它们如果不能很快找到一处没有封冻的水面，又将会面临怎样的严酷处境呢？

看来，即使像水葫芦这般具有飞天潜水的本领，也并不能自由地选择生活和躲避生存危机。

<<<
柳莺 吉像 摄

人间四月寻柳莺

早先的柳莺真多，它们欢快地雀跃在树冠上、柳丛中。乡民们喊成“钻柳串子”，也有喊“野绣眼”、“假麻雀”的。我不知道杭州西湖边“柳浪闻莺”的那个“莺”，是否就是柳莺？

尽管柳莺和麻雀非常像，但远远一瞅身影还是能把它们区分开。柳莺十分活跃，整天灵巧地在树冠上窜来窜去。它们成群结队，长相都一样，绿绿的，小小的，在茂密的柳条和槐树枝叶下不停地穿飞跳跃，且各有各的跳法，尖细的嘴里发出一声声细柔而清脆的“吱儿”、“吱儿”声，有时飞离枝头扇翅，将昆虫轰赶起来，再追上去啄食。它们吃蜻象、叶跳蝉、蝇类和蚊类，有时也吃杂草种子及植物种子。柳莺活跃在高枝上，从来不会下到地上来，仅凭这一点，很容易与麻雀区分开来。它们的快乐是天生的，所有的好情绪，都从心底透出来。

初夏时节，河水暴涨，柳树的半截身子没入水下。远处的岸，多在树影里。几日后水退，柳树腰干上便长出许多嫩红的茎须，易招芽虫，柳莺有时就飞下来横着身子啄食那里的蚜虫。柳莺不是留鸟，春天的柳莺是唱着歌迁徙过来的，等到秋天再上路的时候，就不会再有这么美妙的歌声唱给你听了。

柳莺看得多了，也能看出差别来。橄榄绿的是黄眉柳莺，有一条淡绿色的眉纹以及翼上有两道白斑，鸣声轻柔而脆，且多变。比黄眉柳莺更小的，是黄腰柳莺。黄腰柳莺没有淡黄色的眉纹，但翅上有两条黄色线带，羽色艳丽，飞行时会亮出一抹靓丽的黄腰——这是黄腰柳莺最显著的特征。

人间四月天气里，地里的油菜花黄着，秧苗绿着，粉蝶儿白着，好一片姹紫嫣红的江南美景。柳莺 GG 站在高高的树梢顶端，发出急促而清扬的叫声，边叫边侧耳谛听有没有回应。如果有一只羽色稍黯的 MM 飞落它身边，那十有八九就有戏了……它们的爱巢却让你大感意外，就在地面的枯枝落叶层中，或在某个极为隐蔽的凹窝中，以树皮纤维及草茎编织成球状巢，出入口开在巢的一侧，里面铺有苔藓和蕨类以及羽毛等。小巧的卵，只有云豆大，最多为四粒，白底，有红褐色细斑。

不知从什么时候起，树冠上没有了那些灵巧窜跳的纤小身影。倒是城市花鸟市场的档间有柳莺出售，二三十元钱一只，甚至有人将柳莺混充相思鸟卖，同时搭售小袋的颗粒状配方鸟食，让人感到无言悲哀。

去年春天一个雨后放晴的早上，我带着望远镜走进家乡河滩上的那片林子里，想看看在这里会遇上哪些鸟？因为我知道现在环境已有不小的改善，许多失踪多年的鸟呀兽的都陆续回来了。

野外的阳光明媚，景物也明媚，不断有珠颈鹁鸪

<<<
柳莺 吉像 摄

从头上飞过。大山雀在枫杨树上飙歌，虽然动听，但高音区调门有几分乱，分明是错了节拍。白头翁也在啼鸣，它的嗓音沙沙哑哑的，飘荡在空阔的林子上空，显得有点黯淡，有点软弱。连白脸鹡鸰也来了，在林子下面的低处穿梭，很强悍的到处捕捉昆虫。

地上铺着厚厚一层落叶，踩在上面软绵绵的。我继续朝林子深处走去，一阵细细的啼鸣传入耳中，就像春天刚出土的笋子，稚稚嫩嫩的，又有复杂动听的旋律，我听出来了……是柳莺！在一排意杨树下站定，找了个位置较好可以仰望树顶的地方，哦，终于看到鸣唱的歌手。那些小小的绿色身影，在枝头敏捷地跳跃着，竟然有十多只。于是侧耳细听，发现满林子的柳莺、百舌鸟、棕头鸦雀，多少声部的大合唱正在进行哩……这么多歌手里，数柳莺歌声最优美了，婉转清新，声调丰富。

那些欢乐的小精灵，窜枝下叶，攀缘而至我头顶的大树上……我认出全是乖巧的黄腰柳莺。它们不停地跳动，有的还能玩杂耍，像蜂鸟一样悬停，娇小柔弱的身体掩映在翠绿之中。

“嘀嘀归归——嘀嘀嘀嘀——嘀嘀归——”一连串的清婉的鸣唱，那声音里，有我多年找不到的纯净与亲切！

黄腰柳莺在不停地唱，我知道，这是只唱给我一个人听的……

<<<
宋人画 杨柳乳雀

<<<

百舌鸟 吉像 摄

卧听百舌语玲珑

百舌鸟跟八哥相似，身子比八哥细长，也像八哥那样生着蜡黄的嘴和描金的眼线，除无鼻羽和翅上白斑外，从头到脚一身黑，没有一点亮色。既是跟乌鸦一般黑，所以索性就跟了乌鸦一样姓乌，它的学名是乌鸫，一个怪怪的姓和难认的名。又因为长相介于八哥和乌鸦之间，也有人叫它“乌哥”。但在鸟的分类学上，却是自立门户，为鸫科鸫属，同八哥和乌鸦桥归桥路归路，各不相干。

只要有人的地方，一年四季都能见到百舌鸟身影。它们也是一种很接地气的鸟，喜欢在屋舍周围的地上奔跑，在阴暗的篱笆下与灌木丛里钻来钻去觅食。有时，你到菜地里去砍棵白菜或拔个蒜什么的，突然与一只从畦沟里钻出的黑鸟不期而遇，撞个正着……人和鸟各自都吓了一跳。

百舌鸟以多种飞行昆虫为食，也吃杂草种子，并会像鸡那样在土堆上掘食蚯蚓。一旦找准一个地方，就会一顿猛啄猛刨，弄得碎泥与草叶乱飞，一条长长的蚯蚓给扯了出来，然后像吸挂面那样，一仰脖就吞了下去。别看它们不大怕人，其实眼还是很尖的，反应灵敏，稍有异样便飞上枝头。栖落树枝前，常发出急促的单音短叫声，“吉——吉——吉”，犹如击石，故百舌鸟又有名“乌鹊”。百舌鸟的性别好辨认，毛色黑得发亮，嘴却鲜黄并有黄色眼圈的是公的，而毛色深灰带褐、黑嘴壳子是母的。幼鸟都是麻毛，胸部布满带状花纹。

百舌鸟有一种本领，能将日常生活变成一份礼物，在口中啭鸣吟颂，只要一发声，你一下子就看到了它。“滴哩滴哩，滴哩啾啾……少威儿……少威儿！”春天里，百舌鸟鸣声嘹亮，韵律多变，一串连一串，如水漫流，并善仿其他鸟鸣而多变化，故称“百舌”。这种叫声，又称“花叫”。你只要听上一次这种巧舌如簧的“花叫”，就知道了“百舌”绝非浪得虚名！它们能飙高音，娴熟地玩转音韵变换的技巧，进退自如，路数全在心中。既有空山鸟语的清幽，也有花团锦簇的华丽，还有些梦魂花影的渲染……真搞不清，这种鸟的肚子里，到底装进去了多少乐谱？有时候，你碰到一只正在炫技的百舌鸟，由于多种音调交替发出，会以为是许多只鸟在叫，但仔细分辨，终于确认只有一只鸟。

下雪的天，许多竹子被雪压折，树枝也被压得不断发出叽叽声。鸟雀都躲藏不见了，只有百舌鸟仍一如既往地活动着，在林下堆积的残枝败叶间刨啄。浅滩淌水处，雪存不住，还有河岸水际线也没有雪覆盖，百舌鸟就在这些地方小跑着觅食，或者贴着地面飞。

待到春雪化尽，三五日薰风一吹，桃花的红蕾欲破，阳光下一片春情泛滥。百舌鸟不再沉默，亮出歌

<<<
百舌鸟

喉开唱了。有时还是清冷的黎明，你躺在床上就能听到叫声，婉转多变，长短流利，不受任何干扰，叫得是那样清亮透彻。一辈子都生活在南方的已是晚年的陆游，肯定也和我一样，对农事，对万物发荣滋长的季节征候，有着灵敏感应："卧听百舌语玲珑，已是新春不是冬。"当代诗人艾青，更是不惜以他惯有的昂扬而沉郁的声音为百舌鸟大唱赞歌："不知你是站在屋背上呢/还是站在树枝上/把我从沉睡中唤醒/你的歌声清新而委婉/圆润如花瓣上的新露/悦耳如情人的话语/给我这阴暗的房子/留住了草木的香气/和温柔如乳液的晨光/我从困倦中欣然起来/向窗外寻觅你的影子/你却飞走了/而在邻家的屋背上/又听见了你的歌声/你又在用你纯真的歌声/永远流滴着欢愉的歌声/去唤醒每个沉睡的灵魂……"

百舌鸟先诸鸟奏响爱情交响曲，它们的歌声确实"悦耳如情人的话语"。雄鸟向雌鸟求爱时，双目炯炯有神，欲望泛滥全身，荷尔蒙激增，叫起来昂首挺胸，尾巴翘得很高。先是努力显示自己非凡的歌喉，接着，围绕着雌鸟进行表情夸张的飞行表演，或打转转，两脚不停地挪动，翅膀也不停地忽闪……一旦取得了“情人”的垂青后，就急不可待跳到人家背上行其好事了。

它们的家室在浓密的树冠上。它们从来不去张扬自己的建筑杰作，通常是将巢隐蔽在大树较粗的枝桠间，以须根、枯草混和深褐泥土而筑成深杯状，连颜色也同树枝难分。卵我见过，浅绿，缀以赭褐色斑点。暮春时分，小鸟出来了，在窝里挤得要命，拼命朝外晃动脑袋。但要不了十天半个月，就长出褐羽黄喙飞走，不会叫，只在肥绿的凉荫里钻来钻去。

经常见到百舌鸟和灰喜鹊及八哥混在一起取食，忌于灰喜鹊具攻击性，百舌鸟更喜欢与椋鸟科的八哥在一起。百舌鸟与八哥毗邻而居，天长日久，几乎能模仿出八哥所有的鸣啭……当然，八哥更是这方面高手，所以双方免不了同台比艺，有的一拼。它们都能模仿燕子、黄鹂、柳莺、喜鹊乃至小鸡的叫声，几乎学什么像什么。

百舌鸟是一种适应性很强的鸟，这么多年来，无论是雪天还是阳光下，它们的脚印一直没有走远。

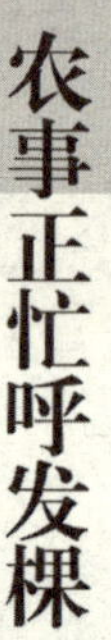

农事正忙呼发棵

发棵鸟最关心农事，总是在芒种前后稻秧分蘖发棵的时候飞来，嘹亮清晰地叫着：发棵发棵！发棵发棵！

五月，天蓝得透明，清清水流绕着竹树繁密的村庄，水是长流水，不停地分出岔去，一湾又一湾。金银花开了，栀子花开了，铺天盖地的香。圩野里，黄熟的麦子和油菜正待收割，新插下的稻秧已返青，一片片黄，一片片绿……发棵鸟叫了，打破了乡村的沉寂，然而它的身影，却让人始终难得识见。它总是在高树梢上，在云端里，一声递一声悠扬响亮地叫着，声音像被水洗过一样。听到这样的叫声，我便仰起头，在蓝天上寻觅。也许是它们飞得太高，总是只闻其声，难觅其踪。

发棵鸟叫声的特点，是四声一度：发棵发棵——发棵发棵！也可听成：割麦插禾——割麦插禾！尽管声音在头顶回荡，但却无法判定它在何方，始终不能找到那只让人无限遐想的鸟。我曾多次向人问过发棵鸟的情况，但几乎没有谁清楚见过发棵鸟的真容。也难怪，发棵鸟啼鸣的时节农事正忙，除了孩子，还有蓝天上那一朵一朵蓬松的云，谁会有多少闲情去弄清一只鸟？

最终一个难得机会的到来，完全出乎意外。那一次，我上学路过一片村林，突然有“发棵发棵”的叫声传来，仔细辨听，叫声并不是来自云端，就在附近的树上，好像还不止一只在叫……我于是循声走入村中，却发现上了个当，原来是两个和我差不多大的小孩在模仿发棵鸟叫。其实这手段我们都会，因为发棵鸟叫的时候，最容易引得你情不自禁地尖起嗓子跟着它一来一往“发棵发棵”的叫。两个孩子未曾看到我，仍然非常投入地在那里学舌。我却渐渐听出了一点门道，这附近确实有一只发棵鸟在叫，而且就在村前的那片林子里！

当我悄悄来到林间的一棵大树下，先看到低处横枝上站着一只沉闷的白颈子老鸹，再往上看，终于看到了一只体形比鸽子稍细长的暗灰色鸟，站在高高的梢头，正“发棵发棵”忘情地叫着。从下往上看，它的腹部布满了横斑。啼鸣时像画眉那样头向前伸和向上昂，两翼低垂，翘散开尾羽，很用力的样子，怪不得它的啼声能传得那么悠远……很快，这只鸟就警觉到了我，两翅一张，急速无声地飞走了。这是我平生唯一一次在野外近距离观察到发棵鸟。

后来看书多了，我才弄清楚发棵鸟就是布谷鸟，洋气的名字叫夜莺或东方夜莺，只是我家乡的人不会知道它的学名叫杜鹃，又因为它们四声一度的语言亮色，而被具体细化称作“四声杜鹃”。其实，它还有几个氤氲在古典诗意中的名字：杜宇、啼鹃、子规。传说蜀王杜宇，号望帝，终日忧于民生，死后魂魄化为啼血的杜鹃。从此杜鹃便同思国、思乡、思人所产生的愁怨伤痛结下了不解之缘，故文天祥被俘后有“从今别却江南路，化作啼鹃带血归”的慷慨悲歌。

而对于农人来说，发棵鸟除了和节令相关催人劳作外，更传递着“发棵”繁密、秧禾茬壮的祷祝。发棵鸟的叫声里，永远洋溢着土地的芬芳和对丰年收成的企盼。

当记忆与灵魂一同被带回故乡的五月，我真的要从心底感谢它曾掠过我童年的天空，并给我留下那一声声穿越岁月的空灵悠远的啼鸣……

轻捷的叫天子

叫天子就是云雀，它们还有一个很神气动人的名字：百灵鸟。

叫天子很怪，初夏时，田野里到处都有它们的身影和气韵清朗的鸣叫，可一过了这季节，就消逝无踪。

叫天子天性里充满欢乐，又有卓越的飞行技巧，在收割油菜和小麦的季节里，成天荡气回肠地响亮鸣叫着。常常三五一伙，箭一样从田沟里直冲而起，像比赛似的一个比一个窜得高，倏忽间就窜上云霄……它们在高空振翅飞行鸣唱，接着，又一个俯冲回到地面。所以鲁迅先生的《从百草园到三味书屋》里就有“轻捷的叫天子可以从草间直窜向云霄里去了”的描述，这个“窜”是很准确传神的。

叫天子飞行甚为有趣，它们不落俗套，起伏不定，是那种极轻灵的一弹一弹的窜飞。有时吱嘎嘎地窜到半空，突然像一颗悬浮的石子短暂停住不动……也有时，是且飞且鸣自由舒畅的盘旋上升。降落时收翅敛体直往下砸，接近地面展翅滑翔，轻轻落到地上。“叽叽溜——叽溜溜——叽溜溜溜！”“滴——滴呖——滴呖呖——滴滴呖呖！”叫天子活泼悦耳的鸣声，都是在高空飞行撒欢时发出，多为持续不换气的成串颤鸣，一遍又一遍，声音既尖又亮。

求爱的时候，雄鸟会迎着初夏的风整天唱着动听的歌曲，在空中做着各式各样的飞行特技表演，或者响亮地拍动翅膀，上下忽闪，或者翻个身扭个腰，以吸引美眉们的注意。更多时，是那种起起落落的且飞且鸣……鸣叫一阵后，歌声戛然而止，垂直下落，快要接近地面时，又向上飞起来……歌声骤然响起，一阵盖过一阵，行云流水一样。

在野外，我几乎从来没和叫天子打过照面，直到那年在扬州瘦西湖边才凑近觑了个真切。有个老头托着一只鸟笼溜鸟，突然，那笼子里的鸟张嘴就来了一连串“滴滴呖——滴呖呖——滴滴呖——滴滴呖呖”，好原汁原味的悦耳亲切的啼叫！

“是叫天子吧……”我问。老人点了点头。

原来，叫天子竟是这般的土气，身段个条比白头翁稍大，灰褐的，眉眼下隐约有一道白纹——这使它看起来有点像画眉，腹部淡黄色，周身间有褐色斑纹，头上有一撮小毛。老人说这叫“凤头百灵”。笼子里没有横档，它就在笼底跳来跳去。细看才发现，它的脚爪长而直，已收曲不起来，方才想起叫天子是典型的田野的鸟，从不会在树林间歇落抓握什么。它们麻麻灰灰的毛近于泥土色，于是就整天在田沟地垄里钻进钻出，很接地气。

如果说人不可貌相，鸟也不可貌相呵。

我故乡气象万千美不胜收的初夏时节，叫天子不停地窜飞，在空中撒欢作乐大把大把挥洒自己的歌韵时，连空气都颤动不已……特别是当茜红微微染上天边、太阳即将升起的清晨，一拨又一拨的叫天子从沾满露水的地头弹射而起，划拨天际的清脆的悦耳鸣叫，也从它们的喉间弹出，像黎明一样清新，像童心一样明净！或许是被这种快乐所感染，在圩堤上放牛的孩子，会情不自禁扯来一片韧滑的乌桕叶，裹在舌下，起劲吹起来。自然，他们吹出的音符，远远比不上叫天子生机无限的那滴溜溜转的清脆啼鸣。

记忆中蒲公英飘絮、蚱蜢乱飞的五月旷野里，一点点飞红，一片片云影，还有那弯弯的青草长堤映在河面上晕晕的一大片影子……谁家吃草的老牛又把几只叫天子惹上了天。叫天子就迎着风飞翔在辽阔的天空下，它们充满欢乐的不间断的歌唱声传得很远很远。

<<<
鹁鸪 吕晓闽 摄

鹁鸪就是斑鸠。鹁鸪跟鸽子是近亲，个头比鸽子小不了多少，带着白梢的尾巴长长的，走起路来头也是一点一点的，只是总觉得那头跟身子比起来有点小得不对称。乡人多称其乳名“鹁鸽子”，喊讹了音，就成了“菩鸽子”或“菩钩子”。

鹁鸪就像是飞翔的葫芦。鹁鸪没有鸽子那套本领，不会凭借上升的气流轻松地滑翔，似乎也飞不到鸽子的高度，得靠自己制造气流飞翔，所以飞得笨重而急促。它们不停地扑打着翅膀，飞得很用力，还有一丝慌乱。如果一只鹁鸪飞过你的头顶，你会听到它扑扇翅膀发出的结实的闷响。它的沉重来自于身体。

乍看上去，鹁鸪浑身灰扑扑的，一点也不精干，不像喜鹊有着黑白无间道的酷装。但珠颈鹁鸪却是极具贵妇气质，脖子上总围一条缀满紫绿斑点的粉底碎花巾，质地不凡，闪烁着金属的光芒，看上去特别醒目。

这种鸟有一个奇怪的习性，天要下雨或雨止天开，叫得格外欢快起劲。还有梅雨涨水满天霞光的傍晚，也是不住声地叫，因此又被称作“水鹁鸪”。“早叫阴，晚叫晴，中叫日头晒死人。”由鹁咕在不同的时间段里的啼鸣，可以预知天气。

早晨或是黄昏，你走在圩畈里，一只鹁鸪在叫了：“鹁咕咕——!”“鹁咕咕——!”叫声很高远，清厉而激越，听到这叫声，你会以为它在很远的地方。其实，它或许就在附近，一抬头就可能看到它。这样的啼鸣一旦拉开序幕，立刻就有许多声音陆续加入进来……这村那林，你应我合，此起彼伏，满圩畈全是鹁鸪的鸣叫。

照古人意思，鹁鸪就是“其名自呼”。可以说，我是听着鹁鸪的叫声长大的。“村南村北鹁鸪声，水映新秧漫漫平”；“林外鸣鸠春雨歇，屋头初白杏花繁”……鹁鸪的叫声，有一种很悠远、很纯净的感觉，细听，你会觉得那是从深邃的时空或者久远的历史中传出来的，幽幽的，远远的。

汪曾祺曾在他的《伊犁闻鸠》中仔细描述过鹁鸪的啼鸣，并称由此而引起他“快乐又忧愁”的乡愁。按汪先生的说法，只叫出三个音节的是单声，“单声叫雨，双声叫晴”。他说，以此法判断阴晴“似乎很灵验”。

春天里，一只鹁鸪栖于村口听槐树或枫树上，突然，像是受了某种诱导，头一点一顿地热切地鸣叫起来：“鹁咕咕——咕！鹁咕咕——咕！”这已不再是单声了，前两个“咕”拖得长长的，婉转而悠扬，深情款款，后一个“咕”急促下滑，戛然而止。如果你看清了是两只鸟，那通常便是儿女情长的一对正在热络着的小恋人。

<<<
宋徽宗 桃鸠 图

鹁鸪的爱情三步曲唱得不错，却不大讲究过柴米油盐的日子。它们的爱巢筑得很随意，有时铺架在高树枝头，有时就结在你想不到的矮树杈上，几乎伸手可及。浅浅的碗状的巢，看起来非常简陋，由几根粗细不一的树枝圈起来，再铺上稀稀拉拉的杂草和羽毛，就在里边生儿育女了。一窝里通常都是躺着两枚卵，白生生的，玉石琢的一般好看。

有一对小夫妻，将爱巢建在我家院前不高的石榴树上。我们在屋子里，都能听到充满柔情蜜意的“咕咕，咕……”“咕咕，咕……”的轻鸣私语。它们有着浅浅的灰色羽毛，脖子稍淡，每叫一下，能看见小脑袋很有节奏地点三下，脖子处的羽毛似也蓬松开来，这一点像极了鸽了。榴花丌放时，它们不停的忙碌着。夫妇俩轮流当班，除了觅食，很少分离，一只在窝里孵卵时，另一只就在窝边不远处的树枝上守望。

老宅的后面有一大片竹林，里面杂生着一些弯弯曲曲的油树、檀树之类杂木，是鹁鸪结巢的最隐蔽之处。菜籽粒是鹁鸪的最爱，像是算准了，每年油菜饱荚、麦子黄熟时，巢里的小鹁鸪也出壳了。父母双亲不断从菜籽田里飞起落下，尽情地啄食，然后飞回巢中，从嗉囊分泌出一种半消化的乳糜来喂饲雏鸟。浑身毛茸茸的小鹁鸪仰起头，将尖尖的喙伸入父母的喉管中，就能像吸饮料一样直接啜饮。它们拉在巢外的粪便里，能看到红的黄的未消化完的菜籽粒。一般来说，田里的油菜籽收割完，小斑鸠也长成了。有些淘气的孩子，找到了巢中的小鹁鸪，将它们的腿用一根细麻线拴了，不明究里老鸟起劲地喂食，直把小鹁鸪都喂成了胖墩，体形远远超过了父母。

乡下有一个说法，叫“三鹁一鹞”，说是如果哪一窝鹁鸪下了三枚蛋，那么其中有一个就是鹞子。鹞子凶猛，小时候会吃掉兄妹，长大了，则把父母也当菜鸟吃掉。但我却从没见过哪个鹁鸪巢里有过单数的三枚蛋。

芝麻在地里低着花白的枝头，大阵的鸟群，在炊烟里聚拢。那时候，满天都飞着鹁鸪，落到地头上，就是一大片，在草地上悠闲地溜达，啄食。后来……飞着飞着就少了。皆因它们胸部太丰满坚实，肉味鲜美，被人用枪打，用网粘，为的是一饱口福。我曾见过比一方墙还要大得多的粘网，网丝很细，悬挂的也很松弛，无论大鸟小鸟触网后，就会本能地挣扎，羽毛插到网眼中被缠住，绝对没有逃脱的可能。

频繁的捕杀，使鹁鸪对人类产生了极度的恐惧，它们凌乱而慌张地飞过水塘，翅翼扑扇起灰暗的痛疼，筑巢都远离了村庄。

现在，乡下的人口已经大大减少，树木倒是比以前多了。走在乡间小道上，村前村后，又闻鹁鸪声声。“鹁咕咕——咕！”“鹁咕咕——咕！”一声声萦绕在人烟稀少的田畴绿野。

“天将雨，鸠唤妇。”古人是这么说的。那么，是丈夫在呼唤妻子了。

<<<

八大山人 鹌鹑图

老鸹枕头的丢失

忽然想起老鸹枕头，似乎是很久远的事了……老鸹枕头就是鹌鹑。鹌鹑为什么被喊成这么个古怪名字哩，是它们模样有点肥拙而邋遢吧？不得而知。或许，是因为人们觉得只有那些能在天上飞的，才是鸟，而老鸹枕头却总是飞不好，不算是真正的鸟，言语里便有了点歧视的意味。

眼下的菜市场里，常能看到鹌鹑，麻褐色身子，形似鸡雏，头小，尾秃，嘴也短小。只不过，菜市场里等待宰杀的那些人工饲养的鹌鹑，个个都是羽毛不振，神情萎顿，翅膀耷拉着……而留在我记忆中的那些在田间地头钻来钻去的老鸹枕头，虽然飞技拿不出手，毛色却整齐光亮，精干而神气。

那时，一到初夏，圩堤下的草丛中，田沟里，常能见到老鸹枕头灰秃秃的身影。在地头干活或放牛时，偶尔还会碰见老鸟带着一群小秧子鸟蹦蹦跳跳从你眼前跑过。还有那些正在孵蛋的，伏在沟沿或草丛深处，不出任何声响，你差不多快踩到它头上时，才"秃儿、秃儿"惊叫着窜飞起来，吓你一大跳。

那年割油菜籽时，村子里的扁头捡到两只满身有条纹麻点的小崽，比小鸡还要小上许多，乍一看像两只斑点蛙，腿脚却像装了弹簧一样，极是灵活，满屋子乱跑，菜籽、糠屑和米粒，喂什么吃什么，一点也不挑食。到秋天时，就变成了两只像模像样的老鸹枕头，见了人也不怕，在院子里跑动时，喜欢伸着脖子往篱笆下钻。有一天，它们忽然失踪了，猜不清是回到自由天地里，还是葬身猫口了。

老鸹枕头喜欢跑跳，有时也飞，但它们屁股后面光秃秃的，几乎没有尾巴，就是一个葫芦身子，难以掌握飞行平衡。所以每次被赶起时，都是半飞半跑，飞也飞不远，跑也跑不快。正因如此，就常常招惹狗和孩童们一起追撵。场面有点像彩蝶戏花猫，老鸹枕头在前面起起落落，狗和孩童跑跑停停，人喊狗吠，逃的一直逃不远，撵的也始终撵不上……给乡野带来许多热闹和欢乐。

老鸹枕头好斗也是出了名的，我们分不清公母，只知道打架的都是公鸟。两只公鸟碰到一起，嘴里"咯咯咤""咯咯咤"叫着，互相看不顺眼，一言不合，于是就开打。扎撒起颈毛，扑棱着翅膀，照着对方的小脑袋狠狠地啄过去……你来我往，翻上跳下，两团身影时分时合，喙啄爪登，羽毛乱飞。所以有人专门捉了来用于打斗，就像斗蟋蟀一样，但肯定比斗蟋蟀精彩激烈得多。

捉老鸹枕头的办法很多，有人专门训养一只母鸟当媒子，拴在地头，让它"秃儿""秃儿"地叫，周围再拦上一张丝网。早上放的中午收，中午放的晚上收，多的时候一次能收到三四只，都是为爱殉情者。

<<<
八大山人 鹌鹑 图

也有人夜晚打着手电到荒坟滩或杂草没膝的灌木丛中去照，老鸹枕头有点傻乎乎的，被手电的强光一照，就花了眼，头一缩，趴在地上，伸手按住，捉进一个特制的布袋里，从头到尾都是一动不动。

因为事关那些塌陷的坟窟，引出许多鬼怪故事便也顺理成章……比如青石碑上坐着一个身段可人的年轻女子，走近一看，是一个胸前拖着好长一截鲜红舌头的吊死鬼；或是起步跨一个田埂，却一脚踩在软绵绵的衣包上，伸手一摸，摸了一手浓腥的血；还有人在路上捡了个草耙子，扛到家却成了一块朽烂的棺材板……更有甚者，某人捉了一夜老鸹枕头，第二天睡到中午起来，开口说话时声音忽然变了，变成了一个细尖的女嗓子，而且还是一口外地腔，把一家人吓得目瞪口呆！这些传说，足可以编出一部乡村版的《聊斋志异》。

下雪的时候，捉老鸹枕头自然没了那些顾忌，于是便成了孩子们的主要乐事。在雪地里扒出脸盆大一块黑忽忽空地，撒上黄澄澄稻谷，再放置一个细麻丝打的环在稻谷上。老鸹枕头来啄食时，就会给活扣套牢头或脚。有时，也能扣住鹁鸪。

有一年冬天，雪下得特别大，放眼望去一片银装素裹。路上的雪深到大腿，人们很少出门，天上的飞鸟也几乎不见踪影。但老鸹枕头还是很多的，失去了沟坎和灌木丛的遮掩，它们就在雪地上斜斜地飞，飞得不高。走在路上，一不留神会突然从脚边的雪堆里叶啦飞起一只鸟，贴你发梢边擦过，都能清楚地听到翅膀羽毛与空气摩擦发出的声音。太阳一出来，反射着雪光，刺得眼睛睁不开，许多乱飞的老鸹枕头就撞晕在电线杆上……

现在，再说起老鸹枕头，即使在乡村，很多年轻人也是一脸茫然，因为根本就没见过这东西，更不必说那种跑跑跳跳和起起落落飞翔的姿势，他们只见过菜场里羽毛凌乱不堪的鹌鹑。在我的故乡，野地里的老鸹枕头早已彻底消失了，就像夏天的一片水洼被阳光蒸发得干干净净一样，你都想不起来它们曾经存在过……

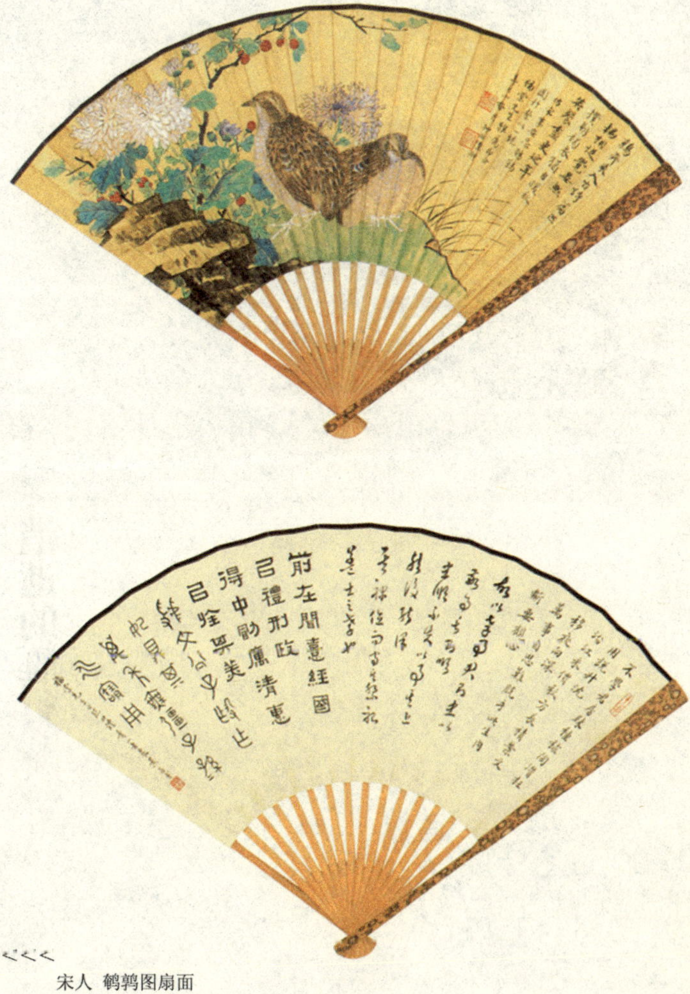

宋人 鹌鹑图扇面

<<<
大雁 姚和平 画

天空，消逝的雁行

大雁只能算故乡天空的过客，它们飞得实在太高了，高外不胜寒，以致谁也没能近觑过它们的真容。

大雁秋天往南飞，春天再飞往北方。它们飞行时队列有序，有时排成“一”字，有时排成“人”字，古书上称作“雁阵”或“雁字”……实际上，那就是一种召唤的姿势。它们背负着青天，背负着太多的季节，眼中俯视的，是大地上的生活。

我小时，常被大人领着起早赶路。残月霜晨，天色尚未透明，听得头顶蒙胧的空中传来“嘎——！嘎——”的凄清唳鸣，虽见不着身影，却知道高空正有一队大雁在疾飞。它们也在起早赶路哩，只是它们的路程更其遥远。傍晚的天穹上，也有雁阵飞过，它们的翅翼下，总是有一缕两缕淡淡的炊烟随风而逝。

大雁千万里长途飞越，都是早起晚歇。我曾在一篇文章里描述过我平生所见过的一次歇雁。那时，我随人在野外放养老鸭。有一天半夜里，被一阵嘎嘎声浪吵醒，从鸭棚里抬头朝外望去，明月如水的深蓝天幕下，一群大雁看中了伏满我们老鸭的这处闪烁着银辉的水面，随着一阵阵唳鸣，那些灰暗的如同幽灵一样的影子便打着盘旋缓缓往下降落，清寥的月光，就在它们一翩一侧的翅翼上闪烁着。鸭子们被吵醒了，也嘎嘎地吵嚷成一片……听人说，群雁歇夜是要放岗哨的，我就努力想找到哨雁，看它是否真的独立于雁群之外，警惕地注视着周围的动静？可惜夜晚的光线毕竟太暗了，想来那哨雁一定是在一个隐蔽的地方尽心守望着。

生产队集体所有制时，我们邻村有一个姓吴的孤老头，替队里养着四五套白鹅（一套为 1 公 5 母 6 只），队里照顾他每天给记七分工。二十来只下蛋的白鹅，平时就那么散养在圩堤下的河滩上，下的蛋送到孵坊，然后每家每户按人头分得数只小鹅。不知打什么时候起，种鹅群里混入了一只伤了翅膀的斑头黑嘴壳子大灰鹅。老人起先并未怎么在意，以为是别人家走失的，好心予以疗伤饲喂。

半个多月后的一个明月夜，大灰鹅伤愈离去，没想到却把一笔风流账留给老人结算，老人孵出的小鹅里竟然有 4 只灰毛绒绒的异种。4 只小灰鹅长大后，身架比白鹅大，全身羽毛紧贴，头上没有肉瘤，嘴壳子乌黑，腿和脚蹼也是黑的，颈的背侧有一条明显的灰褐色羽带，不仅鸣声亢亮，还能张翅高飞。老人这才知道早先收留的是只大雁！后来，我们那一带便繁育了众多比普通白鹅要大不少且肉味更鲜美的所谓“雁鹅”。

——时下已入深秋，要是在故乡，蟋蟀在床下开叫了。可是风吹在脸上只是丝丝的凉，绿色还在到处弥漫。

清凉的月，一直在乡路的尽头照着。而天空，早已消逝了雁行。唯有留存我脑中关于早年的霜晨雁鸣的回忆，如同宋元水墨画一样萧瑟，简远……

野鸭子扛枪

圩区的最大优势，就是水量充足，鱼虾丰腴，水生物多，鸟类更多。尤其在湿地中间有数不尽的沟汊和苇塘，春夏之交，就有各路的候鸟来此歇脚或小住。这其间，要数野鸭子最受关注。波光粼粼的水面上，还有涨水的稻田里，它们悠闲的扎猛子嬉戏觅食，或是抖擞着斑斓的羽毛鸣叫追逐……也有的则像是受了什么召唤，忽然从茂密芦苇丛里扑喇喇飞起来，飞高，飞远，直到变成数个小黑点，最后消失不见。

野鸭子除了能飞和体形小些外，其他方面与家鸭都差不多。麻褐色的是母鸭，叫声嘎嘎，两眉际各有一道黑线，吊出丹凤眼的俊俏相貌；绿头颈上套白箍的是公鸭，翅膀上也流闪金属绿色，尾羽卷曲而风流，虽衣着光鲜，却是麻沙嗓子，叫不出太大动静。它们要么成群结队，要么三三两两，出没在水塘大湾里。有一种体形较大的“对鸭子”，又喊做“绿头鸭”，总是两两联袂结伴而出。还有“八鸭子”，不仅常结成八只小团伙出巡水面，而且它们的标准体重往往只有八两——八两，正好是老秤一斤（十六两制）的一半。其实，我见过那么多的野鸭子，最小的每只也有一斤多重。

野鸭子要是结了阵，那就坏了。你根本想像不到，早先野鸭子会多到什么程度……

深秋季节，它们铺天盖地飞来，有几回就纷纷歇落在我们村外的满是枯禾桩的稻田里，啄食那些收获中遗落的稻粒。半里路方圆的一大片稻田，竟像是盖上了一张巨大的麻栗色毡毯，那情景真是让人惊悚！记得有一年冬天雪下得特别早，我们邻近生产队有几块低洼田里稻子成熟稍迟一点，割倒在田里，还没来得及脱粒。突然，那天上午就碰到了漫天降落下来的“天兵”，只一会功夫就造成了灾害，将大约有头十亩田里的铺着一层薄雪的稻子翻刨啄了个净光。等到人们省悟过来，手舞棍棒敲着脸盆铁桶吆喝着冲到田里驱赶时，那成千上万只的野鸭子已驾着汹汹噪鸣的声浪升上了天空，变成了一片时而伸展时而收缩着滚动的黑色云团，朝西南方向飘去……说来也怪，野鸭子落下来觅食时，一只也不发声，一片静穆，而当它们展翅升空飞行时，此呼彼应，从无数张喉咙里发出淹没一切的巨大声浪，着实让人惊骇。

那时，没有人想到后来会出现一个叫“环保”的词。人们恨透了带来灾害的那些野鸭子，只可惜手中没有火器，要不然轰它一大片下来，既解恨又解馋。尽管如此，还是有人断断续续捕获到野鸭子，大多是扣到的。其法是用细麻线挽成活扣，一头用木桩固定好，野鸭子觅食时一只脚不慎踩进套扣里，就跑不掉。村子里有个浑人叫二五子，带两个洗衣棰棒藏身田头草堆里，待野鸭觅食到近前，突然跃起奋力投出棰棒，某次竟然一棒砸中三只！

野鸭毛须干拔，因为野鸭子皮薄，开水一烫，就破了。说来难以令人置信，乡民们吃野鸭子从来不会红烧，嫌那太啰嗦：野鸭子这东西也值得费油费柴去烧？那还不让老人骂死了！通常是把野鸭子收拾干净，斩成数块塞入一个灌满水形如小号哈密瓜那样的砂吊（罐）子里，放块姜，撒点盐，盖上盖，埋入做饭后的灶膛中。罐外包一圈谷糠，包到罐腰处，再全部用余火灰烬壅住。一夜过来，肉烂离骨，吃肉喝汤，香鲜无比。

有一则日本民间故事，讲述一个猎人出门打猎时碰碎了瓦罐，家人认为不是好兆头，劝他别去了。猎人没有听信，结果他打中了一只野鸭子。野鸭子挣扎时，将一条大鱼拍到岸上，猎人伸手去逮鱼，同时抓住了躲在草丛中野兔的后腿。野兔拼命蹬腿挣扎，脚趾刨出了许多芋头。猎人去捡芋头，却捡着了一只野鸡。猎人拎起野鸡，没想到下面还孵着一窝蛋；猎人捡起野鸡蛋，旁边有好多蘑菇……猎人回到家，脱下他的肥裤子一抖，里面蹦出了一堆大虾。猎人满载而归的好运气是从哪来的，是从一只野鸭子开始的。他的每一个运气中都含着下一个运气。

但好运气并不什么人都能撞着，同样打野鸭的故事，对于某些人来说，简直就是糟糕透了。

那还是文革早期的事。从县城来了两个造反派头目到我们那河滩打野鸭，上午 10 点多钟到的，两个家伙各扛了一支老式七九步枪分散在两处狩猎。根据后来有人回忆，那天一共听到响了 7 枪，像放炮杖一样，每一声炸响过后，就看到许多野鸭腾空飞起，嘎嘎叫着，仓皇而杂沓。那些野鸭在天上飞了一阵，又盘旋着在不远处降落下来……后来就再没听到响枪了。到下午，就听说出事了，淹死了一个人。我们去看时，那人已经停尸在两三里路外下游一段河埂下，是被几个打鱼人用渔网捞上来的。夕阳坠破云层落到了远处河面上，圆圆的，红红的，像个鸭蛋黄；一片片深秋的芦花飘游在空中，仿佛是不散的魂灵。那支半漂浮在水面上的七九步枪也找到了，一只打折了半边翅膀的绿头野鸭脚上系着细绳，另一头拴在枪托上……事后分析还原当时场景，应该是这样的：出事前，死者可能是想抽根烟或是解个大便什么的，就把拎在手中的野鸭临时拴在枪柄上。没想到野鸭却能拖起十多斤的枪身滚落到水里，待他赶去捞时，已是渐行渐远。再后来，可能是游技太差气力不够，也有可能是缠着水草或是腿抽筋了，总之再也没能游回来。只道世事无常，却不知霉运也是一个含着一个，如果没有文革，就没有武斗，没有武斗，就没有人能抢到枪，抢不来枪又打什么野鸭哩。

数年前去黄石，当地新闻界同行陪我们登西塞山。西塞山危峰突兀，中扼江流，历来都是战伐争夺要隘。立于望江亭上凭栏远眺，想到世事沧桑，那么多风云往事都如流水般逝去，唯有“山形依旧”，怎不令人感物伤怀……其时，在我们身后，冬日的残阳早已没入城市西边那连绵的乱山之后，一弯冷月正悬上头顶。寒风猎猎，苍茫的暮色中，西塞山下的江面，沉郁而空蒙。只见一排排一队队的野鸭子从上游水天之际飞来，它们贴着江面连成长长一线，变化着，涌动着，朝江北对面大片湖泽水潦地带飞远。这一线消失，紧跟着又是一线，仿佛从时间的深渊里飞来，又往时间的深渊里飞去，无穷无尽……那些有形无形的羽翼，填满了整个寥廓的黄昏。

<<<
野鸡 吕晓闽 摄

野鸡的种种际遇

野鸡就是山鸡，学名叫雉，善走不善飞。雄的服饰华美，周身赤铜色，鲜红的脸，颈部有白环，像是套着一个亮晃晃银箍……长长的泛着绿光的尾巴，非常精彩，是过去戏台上那类英雄人物头上风流自许的装饰品。而全身砂褐、斑纹、短尾的母野鸡，则是灰土土的暗然无光，看上去一点也配不上它们的郎君。

其实，叫山鸡显然有点以偏概全，还是称野鸡好。因为野鸡的活动范围广，山区有，水乡圩区也有。虽然野鸡并不是家鸡生物进化的源头，家鸡的祖先，是至今仍活动在云南山野的茶花鸡，但野鸡和家鸡毕竟有太多的血肉牵连。人们更愿意相信，野鸡就是一些不肯吃安乐茶饭的异乡漂泊者。

我的童年是上个世纪六十年代早中期，那时的乡下，野鸡可真多，特别是麦子快黄时，田垄里有一只咯嗒、咯嗒叫，四周立马就有许多应和的叫声响成一遍，甚至引得村子里的家鸡也一起咯嗒、咯嗒跟着叫。有时，两只衣着光鲜、通红着脸的公野鸡为争夺母野鸡打架，炸开颈子上的毛相互扑啄……最终打胜了的那一只，就会得意地站在草墩上，逆着满天彩霞拍着翅膀咯咯咯一阵啼鸣，随后就仗着激增的荷尔蒙，兴冲冲去追逐那只母野鸡，演绎出一场彩云追月般的风流韵事。

待麦子全给割倒了，失去了平时那些可钻来钻去的田埂作掩蔽，远远地看到一群野鸡在啄食，你一靠近，它们就扑喇喇飞上了天。有时，牵着牛走过某片草地或是沟坎下，突然就有一只野鸡扑愣愣从你脚下咯嗒、咯嗒惊叫着飞起，吓你一大跳——这通常是一只正在下蛋或是孵窝的母野鸡，走过去，温热的窝中会有十多个麻壳蛋呢。待到秋霜降临，河滩上茂盛的野草仿佛一夜间就变了颜色，整片地匍伏倒下，就能看到许多野鸡在这片枯黄的草地上啄食草籽。

那时的野鸡多到什么程度，说来真叫人难以相信，野鸡会钻进你家的灶洞里、床底下、茅厕中，痴呆呆地缩着脑袋等着你捉。我家屋后不远处就是一片被挖得坑坑洼洼长满茅草的荒滩，野鸡成群，人一到那里去，野鸡就呼的一下飞起来，映着傍晚时的霞光落照，飞得满天都是斑斓羽毛的华光丽彩。我就曾在那地方随手抛起镰刀砍到过一只野鸡。有一次，我打着手电和父亲一道走夜路，竟有一只野鸡对着手电的光亮飞撞过来，将毫无防备的我撞得跌坐在地，手电滚落到一旁，野鸡自己也给撞晕了，很搞笑地偎进我的腿裆里。最奇的是我的一个表兄，他站在陡岸上打鱼时，一网撒下去，岸下恰有一只野鸡惊飞窜起，不偏不倚撞入网里……而那一网入水，巧巧地又罩着了一条大鲤鱼。野鸡和大鲤鱼，两个完全不相干的猎物同入网中，一个在上面扑窜，一个在下边水里扑腾，真是奇得不能再奇了！

父亲人生低潮时做过乡村老师，过年过节，经常有学生家长送来一公一母配对的活野鸡，有时多得吃不了，就剪去翅膀上大羽放在鸡罩里养起来。养长了，撤去鸡罩放出来，它们能与家鸡在一起觅食活动，天晚了，会一起回窝歇宿。

再到后来，因为人所共知的原因，有一段时间，野鸡都躲藏到山里去了，要想再辨认它们在那个岁月里飞翔的角度，几乎是无迹可寻了。

近几年，情况却又有了变化。由于父母离休后一直住在乡下，我时常回去走走。现在乡村烧煤气的多了，野草不像过去那样砍去烧锅或沤田，连村子中心的场地上都是半人深的草，加上汽枪、火药枪都收缴了，许多野物都返回家园。在野地里行走，时常扑喇喇一只华丽的野鸡从腿脚边飞起。乡民们干活也时有收获。要是傍晚天擦黑时看见一只野鸡飞进哪一处沟坎下，或是灌木丛中，等天黑透了带上强光手电去照，照着了野鸡的眼睛，野鸡就不会跑了。上次回父母处，见他们孵的一窝小鸡中有 6 只异类，它们身有褐色条纹，体形明显较小，却灵动机警异常，跑跳迅疾。保姆说是在菜园里捡了九枚野鸡蛋，就随手放进正孵蛋的家鸡的窝里，后来就出来了 6 只这小东西……这些小东西早迟还是要飞走的，它们和家鸡不是一个性子。

野鸡给农田带来的最大危害是刨啄小麦种子，有时得让整整数亩田进行二次补种。乡民难免不心有怨恨，对于撞到手中的野鸡，最简明扼要的手段就是红烧，农家有的是深浓赤黑的板酱，不愁味道出不来。去年冬天我在一个亲戚家吃过一次，就是和腌白菜在一起烧的，怕油水不够，加了一小块肋条五花肉。没有那些姜葱料酒的炸香煸炒，单刀直入，连酱都省了，只把鸡肉同五花肉切块加点盐先炒香，再铺上切碎的腌菜继续焖，直到将上面一层浓黄的腌菜焖出亮亮油光，香气扑鼻，翻炒一下，撒点青蒜苗，就行了。

<<<
姚和平 画

老鹰，蓝天的抒情诗

老鹰的学名应称苍鹰。在我们家乡，老鹰又被喊做“麻老鹰”，因为它们的毛是麻褐色。我估猜，这个“麻”或许还是“猛”的讹音。“猛老鹰”，的确是没有比老鹰再矫健勇猛的鸟了。

早年，在野外，只要看到一群正鸣叫跳跃的鸟突然失了声，纷纷惶急地飞往树林中藏身，或是听到领雏的母鸡发出那种不同寻常的带有颤音的惊惧鸣警声，你抬头朝天上望去，一定会有一只老鹰的身影出现在白云蓝天的背景上……即使距离很远，但那震慑力已够大了。老鹰飞行，常常是扇翅和滑翔交替进行。快速扇翅呈直线飞翔，而在它滑翔时，两翼张开不动保持水平状，很多时候是那种随意舒展的盘旋。后来我看《动物世界》，电视图景里的老鹰并不会有太多的鸣叫，它们在高空盘旋，实则是搜索注视四面八方，用犀利的目光追寻猎物。这种盘旋，往往又是俯冲的前奏，如果是越来越低的盘旋，你看好了，它会突然于眨眼间翅膀一仄，像离弦之箭，一个俯冲扑向猎物。

那时候，人们最要提防的是老鹰。老鹰煽动着有力的翅膀，在半空中虎视眈眈地盯着地面，人们一不留神，黑影划过，一声凄厉的鸣叫，就有可能损失只母鸡。有一次，一只硕大的老鹰不知叼了谁家的猪崽，在空中盘旋而去……只听见猪崽凄惨的叫声在头顶回荡着，持续了好久。

老鹰的鹰钩嘴和一双铁爪是制胜利器，它猎获的对象，除了鸟兔鼠之类，还有，就是相对来说行动要迟缓得多的家禽，特别是鸡。老鹰抓鸡，当是最拿手好戏，它带着从高空急遽降落的力量，一翅膀将鸡扇晕，然后就叼到一边开膛剖肚。一只鸡的分量通常跟老鹰差不多，它不可能将鸡全部吃完。因此只要发现家里丢了鸡就去野外寻找，常能找回大半只被啄空肚肠的鸡，舍不得扔了，褪毛清洗后烧出来，一家人也能吃得香喷喷，只是边吃边咒骂着这扁毛野兽。

有一次，一只老鹰飞到村边抓鸡，被人发现，谁也没想到，那扑鸡落空的老鹰被人喊狗吠着驱赶时，竟然一个折转身俯冲下来，将篱笆边一只毫无提防的麻猫抄掠而起，飞上高空，直将一干人惊得目瞪口呆。但令人不解的是，老鹰如此利害，有时却也给弄得很没面子落荒而逃，据我亲眼所见，常常追赶在后面啄得它羽毛乱飞的鸟，就有喜鹊、灰喜鹊、八哥、乌鸦等。这些鸟敢同老鹰斗狠，并不是它们找到了老鹰的某个死穴，而是靠着以多胜少的团队优势，同时它们也是智商最高的几种鸦科的鸟。

丰硕而廖落的秋天，田野收获之后，有不少遗落的谷粒。为此，许多人家在早晨将未放出笼的鸡抓进口袋，弄到田地里觅食，并让小孩子或者老人跟着牧放，主要就是防备老鹰来扑鸡。我们村头的三奶奶家

<<<
八大山人 老鹰图

有十来只鸡，首领是一只气宇轩昂的大将军一般的白羽大公鸡，这家伙领袖欲极强，几乎一个村子里的女性同类都被它视为自己的妻妾臣民。那天中午，我正从家里吃了午饭出来，远远地就听到村东的野地里三奶奶豁着没牙的嘴在哦嘘哦嘘叫喊……我们赶紧奔了过去，就看见沟坝下大白公鸡跟一只麻褐老鹰缠斗在一起，你来我往、你上我下打做一团。直至我们吆喝着撵到近前，老鹰才挣脱纠缠振翅飞起，留下了一地被风不停搅动的白的和灰褐的乱羽。不幸的是，那只平日里趾高气扬的大白公鸡到底受伤太重，于第二天死去。从这一点看，鸡的智商确实比不上喜鹊、八哥和乌鸦，鸡根本不懂得打群架。记得我上中学时抄过一句格言：尽管鹰有时飞得比鸡低，但鸡却永远飞不到鹰那么高。

数年前六月底的一天，我在天柱山白马河漂流，乘坐竹筏一路漂行于青山绿水之间，自是非常惬意。

突然，我的目光凝止住了，我看见从前方峡谷飞出两只老鹰，它们异常舒展地飞翔遨游在高远的天幕上，时而扇动翅翼，时而滑翔盘旋，简直就像在书写着一首蓝天抒情诗……呵，这是我多年之后才真实见到的自由翱翔的鹰！

那一刻，我被深深感动了。

<<<
鹞子与喜鹊 吉像 摄

刀客鹞子是这样炼成的

有一年冬天的早上，我们在教室里上自习课，突然头顶传来一阵麻雀惊惧的叫声。抬眼看，只见一只比鸽子稍大的灰褐色鸟在梁下绕圈疾飞，赶着麻雀没命地朝窗台上扑去。

“鹞子！”有人一声惊呼刚出口，一只麻雀已落难。那大鸟立马就收翅歇落黑板上方的梁桁间，侧起脑袋，冷冷地将一对褐黄的眼珠瞪向我们，露着白色稍带铁锈红的肚腹。然后，就毫无表情地用那张泛着亮光的尖钩嘴一下一下撕扯攫在爪下的麻雀……随着一片片羽毛飘落，它的弯钩嘴上染满鲜血。

鹞子是俗呼，学名应该叫雀鹰，亦称游隼，样子像鹰，比鹰小，极是凶猛。鹞子虽是乡间常见的鸟，但追到屋子内捉麻雀，却很稀奇。那只闯进我们教室的鹞子，吃完了麻雀，将嘴在身上擦了擦，脚一登，身子一个前冲，就从门头上的摇头窗的空隙间飞了出去，留下一屋子惊惧的眼神。

鹞子独来独往，都是在农田、草地、河谷或是林野之上疾飞猛冲，从未看见过它在树枝上歇息。鹞子身材紧凑，尾巴较长，双翅也窄长，常常是仄着翅疾冲，速度奇快，给人十分矫健的感觉。即便从你的头顶上方掠过，留给你的也只是一道迅疾闪过的黑影，快得让你很难看清它的真面目。

鹞子是真正的刀客，冷血杀手。它有一项本领，能在浓密的树林子里疾飞，毫厘之间，分寸掌握得极好，从不会被树枝挂到。在视野开阔的野外，有时看到一群菜鸟鹁鸪围在一起啄食。突然，半空里劈下一道黑影，鹁鸪吓得四散而逃，急剧地拍扇着翅翼，飞得沉重而慌乱，并不断变换着飞行线路。追袭的黑影却轻疾而无声……顷刻之间，就有一只鹁鸪像被石头砸中一样，打着旋朝下坠落……你还没看清它是怎样被黑影攫掠走的，一场袭杀已经结束。

民间总是有些以讹传讹似是而非的东西，比如乡民们相信豹子比老虎厉害，豹子甚至能吃掉老虎；天上的飞鸟，鹞子最强，能吃掉老鹰。鹞子虽是“铜头铁背纸糊的裆”，却是比什么鹰都超出，因为它那裆间软肋处有两只利爪护持住。所以，民间将一些能打能窜武艺高超的人，附之以姓氏，称作“王鹞子”、“李鹞子”。比如在遥远的陕西，曾出过一个“鹞子高三”，还有一个很有名的关中刀客“鹞子龙五”。民间的武术词汇中有“鹞子翻身”，被认为是最矫疾迅猛的动作，实际上大约也就情同“鲤鱼打挺”……其区别，一个是脸朝下，一个是脸朝上。而传统戏曲中，也有一个程式动作“鹞子翻身”。分正、反两种，正的右腿在前，左腿上步，上身下腰，向后仰，由右向左翻身。反鹞子翻身则左腿在前，右腿上步，由左向右翻身。

有一种现象，能证明鹞子确实强过老鹰。那就是老鹰在高空盘旋时，常有一群喜鹊或是灰喜鹊迎头冲上去，将老鹰赶得落荒而逃。而鹞子哩，却会迅疾无声地从某一片林子里飞出，一击而中，手起刀落，干掉一只喜鹊或是灰喜鹊只在瞬间。

尽管鹞子偶尔也会被一只发彪的喜鹊追撵，但这种事毕竟很少有人见证。在我的印象中，鹞子从高空俯冲到地上扑杀猎物，然后又冲向高空的过程，每次都做得完美无缺，既干净利索又无懈可击……要不，它就不配叫“鹞子”了！

<<<
猫头鹰 吕晓闽 摄

猫头鹰

猫头鹰生活在山林里，时不时地也流窜到我们圩区来。所以我们也常能见着这种两眼圆睁、长相古怪连脚上都裹着毛的钩嘴大鸟。

猫头鹰长得同老鹰差不多，麻褐色的身子，却有着一张像猫又像人那样的圆脸盘，面毛白中夹少量的黑，还竖起一对毛耳朵。它们的脖子转动灵活，黄绿的双目直视物体，脸也能随物体移换而前后左右转动，看上去显得很诡异。

黑夜袭来，明月当空，世人悄然睡去时，正是猫头鹰活跃之际。

猫头鹰昼伏夜出，白天隐藏在树洞里，或是歇伏在乱坟滩上那些杂树的枝头，夜晚便是它们的天下，飞行捕食时，像幽灵一样飘忽无声，常常只见黑影一闪就掠过眼前……它在黑夜中的叫声更是与众不同，时而“噜噜”哭号，时而“哈哈”大笑，仿若鬼魂，阴森恐怖，让人生出种种可怕的联想，你只要听过一回，一辈子都忘不掉！所以有的地方喊成“鬼哥哥”，古人专称为“恶声鸟”，它们被描述得非常可怕：“入城城空，入室室空……声如老人，初若呼，后若笑，所至多不祥。”

上世纪七十年代中期，我已经在乡村当赤脚医生了。一个天上挂着冷月的冬夜，我被人拍着门从床上叫起，背了药箱赶去五六里路外的沿河村出诊。病人是个患老慢支的孤寡老头，常年支气管哮喘，肺部受了大面积感染，突发心力衰竭，当时已经不行了。但我仍然没有放弃努力，肌肉注射肾上腺素及滴注抗感染类药抢救了大半夜。天快亮时，精疲力竭的我拉开门出外小解，劈面就见院子里晾衣竿上蹲伏着一只鬼魅般黑呼呼的大鸟……在西沉发红的月亮映照下，它一对圆睁的大眼紧紧盯着我，并突然“噜噜哈”朝我怪叫了一声。我吓得一个后退，本能地一挥手臂……卟喇喇，那鸟扇动巨大的翅翼飞了起来，带起的寒风直袭到脸上。它歇到不远处积满夜色的树梢上，又对着我怪叫了数声，才飞远不见了。此后奇迹出现，天大亮时，昏迷不醒的老头突然自己坐了起来，并喊着要喝米粥。两天后就下了床，没再怎么打针吃药，病愈后又活了十多年。那个村里人说，是我把“鬼差”吓跑了。而我想，如果不是碰巧的话，就只能作这样解释了：那只猫头鹰是嗅到了一个人久病后死亡的气息，才来到屋外的。不是说猫头鹰和老鸹一样，对死亡的腐尸气息都很敏感吗？也许正是这一点，才让人觉得它们不祥。

传说和猜测，都是不太靠谱的，猫头鹰毕竟是鹰，是鹰就有鹰的本性。它们在夜色中巡猎，一旦判断出猎物的方位，便迅速出击。猫头鹰的羽毛非常柔软，一对翅膀是超常的大……这样的无声出击，使得利爪下的袭杀更有“闪电战”的效果。

你别说，猫头鹰和猫还真有好多相似处，不仅头形像，双眼像，而且都有吐“食丸”的习性。它们都吃老鼠和小鸟，常将纠结成团的不能消化的骨骼和羽毛经食道和口腔吐出。早晨在村边看到这样的“食丸”，如果确定不是猫遗下的，就说明有猫头鹰来过了。

猫头鹰另一个特别之处，就是从来不营巢。要生儿育女了，就临时找个树洞或是别的鸟的弃巢，更有甚者，直接把蛋下在废弃的旧宅屋或不大有人至的仓房里。

有一年的梅雨天，大水涨得快平大堤了。打桩护埂的备料用完，不得已，人们就去拆掉那座已塌去一角的闸房。于是，我们就看到了那只藏在闸楼上的猫头鹰……它被赶了起来，却飞得一点都不利索，像是喝醉了酒一般。原来，一贯夜行的鸟，白天视力差，飞得颠簸不定。人们七手八脚逮住了它，却有人喊放了，说猫头鹰吃老鼠，是好东西。后来，这猫头鹰不但自己没有飞走，而且不知打哪又找来了一只伴侣，共同住在生产队的粮仓里，养育了一窝幼雏，把日子过得扎扎实实。队屋的墙脚边，便常能看到遗下一团一团的“食丸”。周边的老鼠，差不多绝了迹。如果说有一点负面，那就是夜深人静人们睡得最香的时候，有时被一阵“哈哈噜——”“哈哈噜——”的叫声惊醒……

这声音听长了，倒也习惯了，并不觉得是厉叫如鬼，毛骨悚然。

<<<
八大山人 寒鸦 图摄

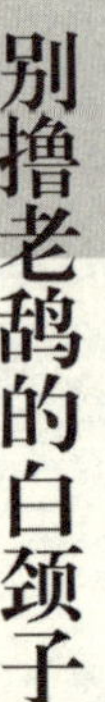

别撸老鸹的白颈子

老鸹就是乌鸦。“鸹”应该念作“呱”，我老家那里却发为“哇”音。老鸹比喜鹊个头大，罩一身黑衣，张嘴发出的叫声也是：“哇——！哇——！”声音拖得很长，剐耳底，如同木匠以锯解木，剐到最后，突然就断了……歇一阵，从头再来。村民们相信，老鸹是阴间跑信的，专送死亡通知书，“老鸹当头过，无灾必有祸”。只要有老鸹在村头叫，就要死人，若老鸹绕屋飞行，则此宅主凶。

秋冬的傍晚，天色昏暗，地皮坎坷，村口沟头落叶将尽的大树枝上，常立着那么一只似生铁浇铸的白颈子老鸹。有人走近，会从你头顶上冷不丁发出“哇！哇——”阴森的叫声，让你背上惊出一片冷汗……

在那些特别偏远孤寂的乡村，天放黑后老鸹就叫，由于有夜色和高密树枝遮掩，身影难见，显得玄幻，叫得人心神不宁……月亮穿出云层，偶尔可见高枝上歇伏一团黑忽忽身影。夜深人静时，老鸹的叫声也会突然响起。如果正好刮着风，因为风向的变换，声音忽高忽低，时而清晰，时而扯断，或是有前半声没后半声……像即将断气的人被死神扼住了咽喉，显得异常瘆人。

如果一大早起来，门前屋后的树上突然就有老鸹叫上几声，这就是“老鸹嘴”，没好事，必让主人几天都忧心忡忡，提心吊胆，头上像有阴云缭绕。老年人骂那些口无禁忌的人“老鸹嘴”，就是训斥你不要胡言乱语带来晦气。

尽管如此，老鸹这个词在乡村使用的频率还是较高。地名有老鸹嘴、老鸹窝、老鸹沟，还有叫老鸹尾巴的。“水老鸹”是夜鹭，鱼鹰鸬鹚则被喊做“鱼老鸹”。“老鸹蒜”是石蒜科的植物，从地里挖出来，外面裹一层毛茸茸的皮，显得与众不同。有一种灌木叫“老鸹眼”，开黄色小花，果鲜红，有毒。还有“老鸹爪”，乡村的孩子常在荒地里掘出它的根，剥掉皮放进嘴里，脆甜脆甜。鸟中有给喊做老鸹枕头的，就是野鹌鹑……人也有叫老鸹子的，多半应该正确写为“老娃子”，即父母膝下最小的孩子。

老鸹是鸦科的领头鸟，性格较为凶悍，富于侵略性，常至别的鸟巢内掠食卵和雏崽。老鸹与喜鹊同源，只因相貌和叫声相去甚远而被人看作是正反两极的代表。它们很少交往，走路的姿态也差别很大，喜鹊总是一跳一跳的，老鸹则步态稳重，很有心机城府的样子。实事求是地说，鹊啼非为吉，鸦噪不是凶……人世那么多相互扯皮的吉凶事，又岂是鸟语所能言中。

老鸹杂食，荤的素的什么都吃，亦喜群居。一个群体一般有几十只，多的时候，成百上千落在田地里，一只挤着一只，说不出的壮观，飞起来，更是翅膀带出一片呼呼风声。只有白颈子老鸹除外，白颈子老鸹

<<<
八大山人 老鸹图

似乎是个特立独行的异类……关于白颈子老鸹，乡下有个传说，说是当年朱元璋兵败，被元兵撵得无路可逃，只好躲进树洞里。元兵追来，见一只老鸹立在洞口，想必这洞里不会藏人，就往别处搜索去了。保住了一条命的朱元璋从洞里出来后，感激得不得了，就赏给了老鸹一只白玉环。老鸹没处放，便随手往颈子上一套……从此再也撸不下来了。

风树萧萧，草色枯黄。老鸹群集觅食，是要下雪的前兆。天色青暝隐隐有雪意，当寒风带着显明的北方口音大举扑来时，就有大阵的“雪老鸹”过境了。

阴沉沉的日子里，我们在屋子里烘着火或玩耍时，突然从天边隐隐传来聒噪的声浪。我们立刻窜出屋子，朝天空望去。那时，就能看到一片奔掩而来的黑云，及至头顶，黑云阵里传出宛如万马奔腾一般的汹汹声浪，简直可以淹没所有外界声响。这就是龙兵过境一般的“雪老鸹”！数量成千上万，从头顶飞了好长时，它们庞大的队列像江河水一样，源源不尽，直到耳朵吵聋了，颈子都抬酸了，最后总有那么十来只、两三只掉队的“哇——！哇——”唳鸣着，落魄而又奋力地追赶前面的大部队。叫人想不通的是，哪怕所有乡村的老鸹都聚到一起，也形成不了这么大的阵势呵！

在大人的口里，“雪老鸹”还有个称呼“山老鸹”，意思很明显，就是说这么多铺天盖地的老鸹都是从山里飞来的。确实，那时从我们头顶飞过的“雪老鸹”，都是由东面琊琅山和更远的敬亭山那边飞过来，可是再大再高峻的山岭，也存不下那么多黑云一样聚集起来的老鸹呵！它们平日里吃什么呢……

“雪老鸹”总是伴着阴沉沉的要下雪的天气飞过我们头顶上空，它们是否就是书上说的寒鸦哩？“雪老鸹”每年都是往西南方向飞去，却不见什么时候飞回。

现在的乡村，再也看不到黑云压顶一般的雪老鸹，它们去了哪里？没人知道。

<<<
大山雀 吉像 摄

歇不住的大山雀

大山雀团身长尾，头黑颊白，个头比麻雀大不了多少，着实枉称了一个“大”字。走在林子里，如果听到“橘子，橘子，橘子橘——”的啼叫，就是大山雀在练嗓子。你会不自而然地停下脚步，侧耳倾听。孩子们哩，则会欢呼雀跃，有的索性上窜下蹦的学起它吊开了嗓子，叫得多开心呀！

乡村人喜欢大山雀，好看，叫声好，听着心里活泛。春天到来，所有的草木都披挂上了绿色，能开的花，都开得尽情，春色把低处和高处的面貌都改变了。在花香迷人的晴好日子里，大山雀的叫声活泼亮丽，清泉鸣溅一般撞击耳膜……而乡村最美的风景，就是成群的鸟儿掠过蓝天，扑愣愣落在树梢头和草地上，自由自在地鸣叫着。

大山雀头颈乌黑，两颊却贴了一个椭圆形大白斑，颇为抢眼。再从颌下引出的一条黑线，沿胸腹的中线一直延伸到下腹部，像条黑拉链。有一种好看的蓝背大山雀，除了那张黑白相间造型夸张的大花脸，背部羽毛蓝灰，翅膀上边缘有白色斑点，腹部淡黄色，毛色光滑，紧抿在背上，干净利索，让人过目难忘。

大山雀是歇不住的性子，总是上下跳跃，左顾右盼，片刻无闲，从这棵树上飞到那棵树上，特别能折腾。有时在地面上蹦蹦跳跳一阵，又飞起来，边飞边鸣唱，鸣唱声像是丝带一样抛出来。在相亲恋爱期，雄鸟整天清脆嘹亮地叫着，声音拖得长长的，还能带拐弯：“子子黑！子子黑！黑子黑子！子子黑……子子嘿！”所以乡人干脆就喊它们为“子子黑”，又因相貌滑稽如京剧脸谱，有的地方又喊成“张飞鸟”。

我小时就喜欢看大山雀在树枝跳跃觅食，它们嘴短而尖硬有力，敲击树干笃笃有声，以爪钩刨出匿伏在树皮下的虫子，叼到嘴中吞下。心似愉悦，跳跃更欢，“子——黑，子子——黑”叫着，越发清脆嘹亮。大山雀胆大易近人，好奇心极强，能做出非常出色的即兴动作。

有一次，我在路边看到一只大山雀，已经一动不动躺在沟坎下。捡了起来，眼微闭，小胸脯还在微微颤抖起伏，朝天蜷曲的脚爪上不知怎么缠了一截烂鱼网。我解下鱼网，将濒死的鸟放在地上……谁知就在一转头的功夫，那鸟竟然扑喇喇振翅飞走！原来，它会玩这种仰躺装死的把戏喔。

还有一件事，若非亲眼所见，你根本想不到这么漂亮的大山雀也能制造血案。老家屋后拐角处，有一棵桂花树，一对白头翁夫妇在不高的枝头搭了个拳头大的巢。巢里有了蛋后，夫妇俩轮流抱窝，时日不长，小鸟就要出壳了。那天早上，我突然听到桂花树的枝叶间传来一声凄惨的鸟叫声……当时第一个反应，是村里那只断尾老黑猫上树叼了鸟。谁知跑到近前一看，两只大山雀正合力将一只白头翁从巢中拖出，白头翁的头上血迹斑斑，颈部滴着鲜血，差不多已经断了气。可悲的是，另一只白头翁绕着桂花树上下翻飞，扑愣着翅膀，发出一声声惨叫，看得出来它想冲上去解救，但大山雀的体型壮实得多，根本没有一点机会！我把两个作案的凶手赶跑了，那只失去亲人的白头翁停在桂花树最高枝梢上整整哀鸣了一天，第二天就飞走不见踪影了。

大山雀自己的巢，寻常不大容易见到。只有当你看到一只大山雀嘴里衔满了柔软的草，从地头飞起来，才知道它要垒窝了。这种鸟特聪明，它起起落落，飞来飞去跟你兜圈子，就是不往巢的方向飞，不让你摸清它的巢在什么地方。

我是在一片林子里听到雏鸟的唧唧叫声，循声过去，走到发出叫声的树下，抬头朝上望，没看到鸟窝。静了一会，直到雏鸟又断断续续的叫，声音从树干中传出，树干的头顶高处有个窟洞，洞口有草丝拖出，想必这就是它们的家室了。

布谷鸟（杜鹃）一辈子无家室之累，它们要繁衍后代，就将卵偷产在苇莺和大山雀的巢内，蒙骗别人代为养育幼雏……这种情形，我未曾亲眼见着，因为布谷鸟只在每年的初夏才从我们家乡的云端里匆匆飞过，从不作过长逗留。

<<<
灰椋鸟 姚和平 摄

结伙觅食有难同当的灰椋鸟

灰椋鸟并非全身一灰到底，只因它在天空飞得太快，难以看清，所以，才专享了这样一个灰名。

灰椋鸟由北方大阵大阵地飞来，它们带侉腔的叫声，如同劈柴，干燥，紧凑而硬朗。这些讲外乡话的雀雀，整天把自己的乡音背负在翅翼上。

冬天里所有的风一波波掀过来，香樟树还有女贞子树上，一簇簇果实变黑了，变软了。灰椋鸟就是来啄食这些黑浆果的。还有乌桕树——我们喊“桕籽树”，“桕”是念成“求”音的，树上叶子落光了，只剩一束束裹着白腊的炸裂状桕籽挂在枝上，这也是灰椋鸟的最爱。吃够了，不飞远，就近找棵更高的大树，在顶端歇息……要是背对着风，它们的毛就会给吹得一旋一旋的。你从下面经过，得当点心，弄不好会有一泡鸟屎照顾下来，那可真的是佛头着粪了。灰椋鸟来自哪里？没人知道。有时，真想寻访它们的栖息地，看看不吃黑果果白果果的日子，都是怎么过的。

那天，一只灰褐色的鸟在河滩枯黄的草地上啄草籽，它有着模糊的白额，起先我以为是一只长得有点超大的白头翁。走近了，才看清它嘴壳是橙红的，尾巴和头两侧现出白羽，头顶长有黑羽，微具光泽，像人的黑发……这肯定不是白头翁了。它瞪着一双机警的小眼睛，时不时的歪着脑袋瞄我一下，不慌不忙，啄食不停。我想往前走近一点，它看看我，跳到一边，继续啄食。我再走过去，它又跳开……如此几番，就在我估摸着它会不会飞起来的时候，它忽然就一张翅，贴着地面斜飞开去，一直飞进了林子里树冠上。原来，那里有好多跟它一样装束的伙伴……那一会子，我才恍然大悟，这是一只出来单漂的灰椋鸟呵！灰椋鸟的脚趾是蜷屈的，只能抓握树枝，从来不下地，我不知道那只单漂的鸟是怎么了。

灰椋鸟阵里有时会混入几只八哥，它们与八哥同属一个科，有拉拉扯扯的亲戚关系，飞起来时两边翅膀下也有月白斑，所以被人喊作“灰八哥”，还有一个名字“扒沟鸟”，我疑心就是“八哥鸟”或是“扒垢鸟”的讹音，因为它们周身灰蒙蒙的像蒙了一层污垢，得扒去才好。其实，鸟儿长得是漂亮还是有碍观瞻，那是人的看法，鸟儿自己并不在乎。这些在异地讨生活的灰椋鸟，喜欢过集体生活，结伙觅食，有难同当，有吃的大家同享，要打架群殴也是哥儿们一同上。当一只受惊起飞，其他则纷纷响应，整群而起，飞行迅速，鸣声低微而单调。它们有时紧密排成一线在电线上歇脚，或是商讨问题，以致后来者要想歇落其间，不喊声“挤一挤……让个位子”，恐怕插不进档。

当暮色降临河滩上那片林子，伴随着西下的夕阳，喜鹊从四面八方飞来，歇落树梢上且跳且鸣。接着，灰喜鹊来了，呼朋引伴，嘎叽嘎叽吵闹着……最后压

<<<
灰椋鸟 姚和平 画

阵，是灰椋鸟的队伍。先是一小群一小群，在上空盘旋，落了下来，又扑棱棱飞起，融入随后排空而至的声势浩大的鸟群中，它们的噪鸣声，传得老远老远……

冬日的夕阳早已全部沉落，天上的鸟越来越少，晚霞在夜幕的边沿静静地燃烧。可是，林子里还有灰椋鸟在昏暗的枝间飞动，不愿过早地安眠……因为，这里是它们的异乡。

<<<
八大山人 蜡嘴鸟

悲情蜡嘴雀

深秋，苦楝树上挂满了一串串风干打皱的楝籽。微白淡黄的楝籽，吸引群鸟从远处飞来，忽闪着翅膀，栖落在掉光了叶子的树枝上。这就是蜡嘴雀。

它们一大阵一大阵的呼啦啦飞来，又呼啦啦飞走。多的时候，能将一棵树上歇满。蜡嘴雀飞行很快，很少有零星掉队的。由于飞行速度快，在飞过时，可听到翅膀振颤的呼呼声。它们身体淡灰，腰肋下隐约有红黄两色，飞起来时翼上有显明的白色点斑。喙圆锥形，短而粗，色似黄蜡，故称蜡嘴雀。这些鸟有一种癖恋，喜欢又臭又难看的苦楝籽。

蜡嘴雀开了春才叫，是一种带哨音的尖细的颤鸣，可惜它们不是留鸟，与真正的春暖花开无关，与绿野仙踪无关……你根本不知道它们的出生地及家园在哪里。只有天气很冷了，才看到它们带着寒流一大群一大群地飞来。每当我走过早春的村庄，看到成群的蜡嘴雀飞过，在树梢头留下一串歌声，我就知道，鸟儿飞过的地方，那里才是人们清苦而安宁的家园。

万物萧瑟的隆冬季节，村口的老桦树上，总是站着一只白颈子老鸹，有时看上去很淡定，很超然，有时却是一副失魂落魄的样子。我也常常一动不动地站在屋子前，看着蜡嘴呼啦啦缤纷飞来，又呼啦啦缤纷飞走，能分明感受到一种压力下放肆的舒缓。

蜡嘴雀体型结实饱满，如小孩子拳头大的身子，连头带尾长约五寸。头尾黑亮闪光的是公鸟，母鸟性素淡，没有它们老公那样酷酷的黑头罩，整个头部和上体着色均一，变化平缓。夜晚，它们共同歇宿枝间，把头插在一侧翅膀下，一梦到天明。

蜡嘴雀是植食性鸟，它们粗壮的喙，非常适合夹碎果壳取食种子，具有典型的雀科鸟类特征。一般说来，靠取食各种植物的种子和果实为生的鸟，相比荤食性和杂食性的鸟，性格层面都有点欠缺，智力上也有差距。因为善良和懦弱，大家才结伙在一起，抱团取暖，共同御敌……也是不得以而为之。事实上，正是它们最易受到侵害，不说鹰隼常常扑入阵中肆意攫杀，单是有人用粘网挂鹁鸪或更早时拿火铳轰鹁鸪，陪着中招最多的，哪一回不都是蜡嘴雀！

让鸟儿们自由地飞翔，给它们一片蓝天，似乎还是一个梦。数年前一个初冬，我同几个朋友旅游到皖南一个古村落，在村外的树林里，发现了两只奄奄一息的蜡嘴雀……往前走，地上有成片的死鸟，怕是足有十多只！最后，我们找到了作为毒饵的稻谷和一只印有呋喃丹几个字的塑料袋……肯定是有人毒杀鹁鸪后，捡走了鹁鸪，丢下这些体形太小的无辜者。

<<<
八大山人 蜡嘴鸟

一片斜长的云，挂在群山的远方，仿佛是上路的白幡，祭奠那些轻舞飞扬的灵魂……

人呵人，那一刻，我感到了一种无言的哀痛和悲愤！

<<<

燕子 吕晓闽 摄

燕子归来寻旧巢

鸟雀中，燕子和麻雀，谁人不识，谁人不晓？知名度恐怕要算最高了。

燕子一身乌黑的羽毛，光滑漂亮，加上一对劲俊轻快的翅膀和剪刀似的尾巴，显得极其伶俐可爱。所以，才有那么多女孩子，争相拿“燕子”做了自己的名字。

燕子真可谓活脱脱的春之精灵。人间四月天，风轻微微吹拂着，千条万条的柔柳，齐舒了它们婀娜身腰。燕子轻灵地斜飞于旷亮无比的原野之上，吱的一声，已由这里水田上飞到了那边的高柳之下了。在掠过清亮的水塘时，它们会一侧身，翼尖在水面上一拖，便有小晕涡一圈一圈地漾了开去。飞累了，就歇落在电线上，排了长长一串，像是五线谱。

燕子和人最亲，住家过日子也随人。小时候，大人让我猜过一条谜语：嘴像红辣椒，尾像剃头刀，天天都在土里宿，离土还有丈把高……是说燕子窝是土垒的，垒在离地丈把高的屋梁上。长大后，读到古人写燕子的诗“入暮不惊挥尘客，巡檐如唤卷帘人”，想像着那种情境，心里很是熨帖。

清明一过，稻籽撒田，田里都灌满水，整个圩野一片白亮。这时的燕子极为活跃，不停地啁啾鸣叫，来来往往地在湿地啄取泥土，是要筑巢了。它们选好一户人家厅堂的屋梁——以梁上的一枚钉子或凹凸处为依托，也有的在走廊上方找好一个夹角，就一口一口衔来泥球往上粘着垒。一对燕子携手共作，整日飞进飞出忙着。因为是立于巢内垒泥，由里向外堆砌泥球，所以尽管巢外面凹凸不平，但内里却平整。没几天工夫，一个灰白的、半边碗状的巢便初具规模。巢开口向上，内铺软毛以及细柔杂屑，刚刚容得下两只燕子横着身子伏在里面。假如筑巢时就落下隐患，泥土没有取好，还有房梁太光滑，或是钉子朽断了……也会发生塌垮事故，整个工程就得从头再来。

新巢落成，便算有了温暖的家。暮色降临的时候，一只燕子从门外飞进，直冲巢口，减速，一缩身子就进去了，接着，是另外一只。几天后，雌燕开始产卵、孵卵。卵如小指甲盖大，白色，有红褐斑点。小鸟一出世，就张着嘴要老鸟喂食。新添家口，老燕子一时不歇地忙着捕虫。衔着满口食物刚飞进屋，小燕子就一齐挤到巢口，张开黄黄的比头还要大的嘴，唧唧地叫喊争抢……老燕子嘴对嘴地把虫子给小燕子喂下，然后转身又箭一般地飞走。

家里有一窝燕子，地上免不了常淋淋漓漓洒下粪便。有时端着碗坐在厅堂里吃饭，一只淘气的燕子飞过之后，遗下排泄物，竟不偏不斜落到碗里。也有燕

<<<
丰子恺 燕子图

子进屋前，总是在门楣摇头窗上先逗留一会，天长日久，那摇头窗上便积满一层白花花的鸟粪。但似乎没有多少屋主人怪罪这些，经常打扫一下就是了，绝对不会把燕子赶走。因为谁家住着燕子，谁家就住着福气和吉祥……偶有几家没有燕子光顾，孩子们便很失落哩。

也有的燕子不须年年劳神费力搞安居工程。“燕子归来寻旧垒”，燕子恋故人，也恋旧家，不管房子高矮，只要选中谁家垒下了泥窝，次年春天必定不远千里万里，一路奔波，寻归旧巢……还是去年的主，还是去年的宾，宾主间何其融融呀！有人怕这事不真切，就在一只燕子腿上悄悄系上红线。第二年，系了红线的燕子果真如期归来……让那人感动得一塌糊涂！

农家早起，天刚蒙蒙亮，吱呀一声门就打开。巢里燕子也醒了，探出小小的脑袋，左右晃动几下，吱吱几声轻鸣，噗哧一下就飞了出去，冲进晨岚之中。

接着，一只，又是一只……一会儿工夫，绿树丛中，村塘水面之上，到处都是飞翔的身影和轻悦的鸣叫。

春末夏初，最繁忙的时节，农人天不亮就下地，耕田，播种，除草。许多人家只把房门锁上，堂屋的门却大敞着……给燕子留着门，让燕子进进出出方便。

过去说燕颔虎额，燕子有一个超级宽大的下巴，飞翔时大嘴张着，就像是一个张开的网袋，以此捕食在空中的飞虫。夏天雷暴雨前，气压低，空气湿度大，弄潮了飞虫的翅翼，燕子们就会反复低飞，张着嘴，兜扫昆虫，同时也在给你预报气象。如果留心观察，你会发现，燕子不像麻雀，除了筑巢时到湿地上啄泥衔泥，平时很少落地，据说，它们的腿脚很软，在平地上站不稳。

一场秋雨一场寒。秋天深了，燕子们必须在霜降前上路，飞向南方。

眼下，乡村的诗意和田园少多了，燕子也少多了。一些农家，用上了城里人那样的居家设施，门户森严，进出换鞋，拖把将地砖拖得一尘不染。漂亮的小楼房，结构也变了，再无过去那样的屋梁或是走廊上夹角，燕子到哪垒窝呢？

“花过雨，又是一番红素。燕子归来愁不语，旧巢无觅处……”这是自称“江南客”的宋人李好古写的《碎锦词》吧，读来叫人不胜唏嘘。

<<<

燕子

<<<

麻雀 吕晓闽 摄

愤怒的麻雀

见得最多的鸟，恐怕是麻雀了。麻雀最接地气，灰褐色的羽毛，铁色的尖喙，细细的小爪，都是泥土的颜色，说不上漂亮还是难看。在收割的田地中，在上学的路上，它们快活地呼朋引伴，灵巧地穿梭跳跃，像无数团绒球一样在你的周围颠来抛去的。

夏秋，麻雀多在田野活动。到了初冬季节，地头找不着吃的了，麻雀们便从四面八方汇集到村庄。“叽叽啾，叽叽啾”，屋檐下、场院里，篱笆墙头，到处都是它们卑微而小巧的身影。它们互相追逐，穿梭于农舍间，跳到这里瞅瞅，蹦到那边啄啄，有时与鸡鸭争食抢吃……一旦有人走近，立刻腾空而起，不大会工夫，又落到地面。

麻雀就那么点大的身子，撑着嘴吃也吃不了多少，但它们有时刨啄菜地里的种子却很叫人头痛。同样是十字花科植物，白萝卜的种子就比油菜籽大出好多倍，秋天撒到地里，很容易就被刨出来啄光。还有菠菜和芫荽菜的种子，也常给刨得一塌糊涂。乡人就会在菜畦上竖起稻草人，戴着破草帽，吊个迎风飘摇的破蕉扇，就是为了吓唬麻雀。腊月里蒸了阴米饭来晒，怕麻雀吃，便在一旁插根竹竿飘张红纸，但真要吃了也就吃了。

更早的时候，有人却不这样想，在那场轰轰烈烈的“除四害”运动里，麻雀们被驱赶杀戮殆尽。村子里的老队长说，那年冬天带人去泾县山里砍柴火回来给小高炉炼钢铁，看见一条山沟里都填满了麻雀，成千上万，全是走投无路自杀的。这种与人接触频多的小生物，因为某些人的意志和一声令下，竟也如此无奈和惨烈。

要是有一天，乡村里真的没有了麻雀……那还叫乡村吗？

麻雀在我们那里大约分两类。一类是把窝安在屋檐下或墙洞瓦缝里的，和乡人烟火相伴，人吵鸟鸣相闻，这种是最常见的一种麻雀，叫家雀，也有称瓦雀子的。家雀很少集群，飞行看起来显得杂乱，无章可循。它们随遇而安，窝也不讲究，·片檐缝，一个墙洞，叼几茎草，几片芦花，就成了家室。还有一种就是禾雀，也称野雀。它们把巢安在树上或是河坎下，飞起来常常是一大阵，外形比家雀更俊逸，喙尖黑，性子比较暴躁，要是被人捕捉住关在笼子里，绝食是它唯一的选择，最终碰得头破血流，至死都紧紧地闭着眼睛和嘴，

乡下孩子，几乎都干过捉麻雀的事，就连哄小弟小妹时也说："莫哭，莫哭，逮个麻雀给你玩。"冬天下雪了，就在院子里扫净一块雪，撒上稻谷，支起一只盘篮或是竹筛，牵着绳子，人藏在屋子里，等麻雀来啄……不一会儿功夫，便能听到有物倒地的声响，随着一声悦喊，一只或两三只麻雀就给罩住了。

还有，就是到洞里掏麻雀。以前，到处可见那种

徽式建筑的老屋，单片砖的墙上窟洞多。搬了梯子往墙上一靠，攀上去，捋起衣袖，手往洞穴深处伸，探到底，碰着软软的草，摸到身上寸毛不生的光秃秃雏鸟了，就带出来，有时，则是摸出有灰色麻点的蛋。老麻雀成了“愤怒的小鸟”，吱吱地叫着打圈子，很焦急，很疯狂……有那失去理智急红眼的，就飞过来照着你头上猛啄，生疼生疼，赶都赶不走。

掏麻雀的时候，嘴不能张得太大。据说，河对岸有个小孩，因为掏麻雀的时候张着嘴，结果洞里一条蛇窜出来，哧溜一下直钻到了嘴里。那小孩就死了。

我早先曾养过两只麻雀，是由从墙洞里掏来的小雀养起的。先是放在抽屉肚子里用烂絮孵着，共 4 只，却被猫叼走两只。等红兮兮的身子上长满绒毛，就把它们换到用芦粟杆编成的鸟笼中。小麻雀吃死食拉黑屎，吃活食拉白屎，所以常要捉来小青虫混搭着喂。那小小的两张黄圈嘴，找你讨食时张开来像碟子，却是直肠子，吃了拉，拉了吃，食量惊人。两只小雀养大后，很粘人，我做作业时，它们就歇落在我肩头或是桌子一角，我走到哪它们跟到哪……后来，不知怎么，说飞走就飞走了。

我还亲眼看着破夹子从篱笆上叼走一只试飞的黄嘴麻雀，开始以为只是戏耍，没想到破夹子却踩住那只小雀的头，突下杀手将它啄死，一口一口扯吃掉了。对于麻雀们来说，要时刻警惕厄运降临，死亡的威胁，也让它们提升了生活的本领。

一滴水，一只雀，三两年就是一生。麻雀们早已习惯了卑微。在我们一生的步履中，似乎总是无暇或不屑为一只麻雀而驻足而俯身……更谈不上对它们有一个深入了解。

上世纪七十年代早中期，我读高中时，每年的暑假，都去粮食收购点做协助员，帮助征收公粮，司磅、看样、开非子和带仓，两个月做下来，能得到约 50 元的津贴费。收购点一般都是或靠河流水道或临公路，收购来的稻谷，就堆放在那些略微改善了通风条件的庙宇和祠堂之类的老屋里面，特别容易招引老鼠和麻雀。老鼠好办，蛇和黄鼠狼可对付，麻雀在天上飞，只要有窗户洞就飞进来。成百上千只，呼啦啦飞落在这边稻谷堆上，呼啦啦又歇落到那边稻堆上，见到人来，"轰"的一声就飞走了，带起一阵疾风，你拿它们一点办法也没有。

收购点要执行防潮防霉、防鼠害、防雀害的规章制度，就动员我们这些协助员抓麻雀。男女小青年们有的是力气和兴头，起初用强光手电筒晚上照捕，树枝间，墙洞里，一抓一个准，但效率还是太低了。后来有人想出一个办法，端架梯子将仓库墙头所有的窗户洞用稻草塞起来，仅留下的一两个洞口，看似通着亮光，墙外面却都张着一个口袋形的鱼网……一切准备好之后，打开所有的大门，麻雀不知是计，飞入屋子里尽情啄食稻谷。突然之间一声唿哨大门给关上，我们在屋子里举着扫帚驱赶吆喝，惊惶失措的麻雀们尽数往有亮光的那两窗洞里扑去，结果一起落进鱼网里扑拉，后面的麻雀仍自投罗网飞着往里面挤，直把两个鱼网口袋都塞满了。拎着沉甸甸的鱼网扔进水中，将麻雀溺死，大家一起动手，褪了毛投油锅里炸酥了，蘸着酱油吃，连着吃了好多天。

那时没什么东西吃，餐餐就是茄子、辣椒和冬瓜，偶有一星两点的肉片，也是被埋藏在众多的豇豆里，或是烧上两条不到一尺长的鲢子鱼，就算是难得的荤腥了。所以，当炸麻雀鲜美的滋味被我们漉漉滚动着的年轻肠胃尽情吸收着时，感觉特别滋润。有的男孩舍不得吃下自己的那份，就偷偷用开非子的纸包了，到了晚上约出心仪的女孩，将油腻腻的纸包掏出来往人家面前一递……几个状若骷髅一样的油炸麻雀，竟然也能成就那个纯真年代里的爱情。

许多年后，我不知道那群麻雀去了哪里……

那些在树上、草垛中、场院里跳跃和栖息的麻雀，去了哪里？那么多鸟儿，都神秘地消失了，就像一片片易融的雪花。

愿做鸳鸯不羡仙

早先，在我们老家也能看到鸳鸯。

那一年端午节，我去野外拔菖蒲草，以便和艾草一起用红线扎了靠放门框边。菖蒲叶似剑，和犁尖状茨菇叶还有野茭白一同挺生在水洼处，散发着清清浅浅的幽香，一些水鸡和苦哇鸟在浓密的叶底钻来钻去。在村子后面的长塘里，我看到两只体形不大的麻褐色野鸭子，一边划着水一边嗤啊、嗤啊地轻鸣。正好奇时，从岸边的竹丛里又游出来两只色彩极为艳丽的野鸭，喙为少见的鲜红色，头上顶着漂亮的羽冠……我一下想了起来，这就是鸳鸯呵！

那确实是两对鸳鸯，它们在清波水面上悠闲地划拨着，时而分开，时而亲昵地聚到一起。到了下午，又飞来了十多只，成双成对地依偎着游动，将倒映在水面上那些竹的影子、树的影子还有云彩的影子搅得一折一扭的。

世界真是奇妙，鸟类都是雄鸟异样的美丽，但艳丽精美到如雄鸳鸯这样地步的，还是没有。它们头顶羽冠，脸边描着长长的白色眉纹，佩着黄白色环的颈下，悬垂着栗色微红的针状羽毛，褐色的腰背闪射着墨绿色的金属光泽。尤其是背两侧高竖着扇状飞羽，如同一对耀眼的橘红色帆……真是让你看不够！

在我们那里，鸳鸯不是留鸟，只是过路客，每年夏秋才能看到它们的身影。它们像野鸭子一样，有时在水塘里，有时在流水的河面上，有时在竹林岸边休息梳理羽毛。高兴起来，它们会相互追逐，嬉戏，欢叫，将脖子伸得长长的，两翅展开拍击水面，拍出亮晶晶的水花，并让你看到它们灰白的腹部。睡觉时，就将头插在一侧翅膀下边，用一只脚站立。它们还会在随水漂流时打盹。

说起来也怪，端午节以后，每天都有鸳鸯飞来，像是受了感招或是收到请谰一样，最后积聚了上百只。这是从来没有过的事，消息传出，引得许多人跑来看稀奇。长塘边的竹林中，浓密的树荫下，它们一只只紧紧地挨在一起，或缩着脖子养神，或是曲歪脑袋伸脚来挠痒，还不时发出“哦儿、哦儿”的轻鸣……

林子里有一座坟，准确地说，是一个合葬坟。坟上没有墓碑，草却长得格外肥绿。听人说，好多年前，有一对年轻恋人，女的是邻村的，男的是对河那边的，因为双方祖上结下解不开的冤仇，无法走到一起……最后，两人就在这片林子里以身相许，以死相酬，共同走完了人生路……他们殉情的老栎树还在，但不是一棵，而是并立的两棵，根茎相连，枝杈交结，人们喊做“鸳鸯树”。两棵树繁茂的枝叶笼罩着坟茔，时光就这样悄无声息地慢慢流淌了去，常在上面歌唱的小鸟，大约是感受不到萋萋芳草掩盖下的悲情……那些成双成对的鸳鸯哩，会为自己祷祝吗，祈愿能与缱绻恩爱的日子相拥到永远！

鸳鸯自古被视为爱情生活的典范，雄曰鸳，雌曰

<<<
姚和平 画

鸯，出双入对，行影相随。《古诗十九首》有“南山一树桂，上有双鸳鸯。千年长交颈，欢庆不能忘。”由此，便留下“得成比目何辞死，愿做鸳鸯不羡仙”的千古佳句盟誓。

恐怕再也没有一种鸟能像鸳鸯派生出那么丰富的词义：野鸳鸯、露水鸳鸯、亡命鸳鸯，还有“乱点鸳鸯谱”。鸳鸯蝴蝶派，是发端于20世纪初叶上海十里洋场的一个文学流派，专写才子佳人，柳荫花下，分拆不开，像一对蝴蝶，一双鸳鸯……无敌鸳鸯腿之外，则是金庸的武侠小说《鸳鸯刀》，叙述了江湖上盛传的鸳鸯宝刀的秘密以及围绕它发生的故事。中国传统建筑里，有一种成双成对的瓦，一俯一仰，形同鸳鸯依偎交合，称做鸳鸯瓦。

那年端午节飞来的鸳鸯，在我们村子后面的长塘里住了十多天，就像它们突然来到一样，又在突然之间飞走。此后不久，我也离开老家，虽说每年照例要回去几次，却是再也没有见到过鸳鸯了。

2002 年初夏，我带领省副刊会一批同仁前往江西婺源采风。那里有一个鸳鸯湖，算是让我们大饱了眼福。坐在船头，天气有几分燠暖，微风徐来，清润的湖水与阳光接触后蒸腾起一层薄薄的清雾，将湖区四周的山林渲染得如水墨画一般。一大群一大群的鸳鸯，时而扎猛子觅食，时而起舞嬉乐击水，时而成群掠湖翱翔，时而依偎窃窃私语……红嘴翠羽，如鲜花盛开在碧波之上。

这就是属于鸳鸯的生之欢乐与生之纯华呵！我忽然想起了家乡的长塘，塘边林子里的两棵“鸳鸯树”，树下萋萋青草掩盖的那座坟……

<<<

齐白石　鸳鸯图

<<<

鸬鹚

鱼鹰子的漂移远去

在我老家那里，没有人见过野生状态的鱼鹰子。所以鱼鹰子的身份有点特别，你说它们是鸟吧，却被人当家禽一样豢养着；家禽养大，不是杀了吃就是为产卵，鱼鹰子却是一种用具，养它的目的，就是为了获取使用价值。

鱼鹰子又被喊成鱼老鸹子，学名叫鸬鹚，剪掉了大翅后，就成了活的捕鱼工具。它们分生鹰子和熟鹰子两种，前者都是一些没有经验的学徒级鹰子，也有是天性慵懒脾气不好的，得下功夫调教，后者则全是三岁以上劳模级鹰子。熟鹰子能在浑水里睁眼，在湍急的水流里辨识鱼路，能捕到大鱼。

养鱼鹰子的，一般都是普通农户，亦耕亦渔，忙时耕作，闲时就挑了鹰子艇出去，挣点副业收入。老家对河的北埂头就有好几户，我的小学同桌张四九家里也养了鱼鹰子。养了鱼鹰子的人家好辨识，只要闻到哪家散出的鱼腥味特别强烈，直冲脑顶门，就是。冬天里，这些人家每天都要把鱼鹰子拎出来放到渔棚外竹竿上，让它们撑开两翼晒太阳，且带梳理羽毛。然后，就把从打撒网的渔户那里买来的小鱼虾拿出来喂它们，每抛出一条，鱼鹰子都能准确接住，扬起长长的脖子一吞而下。

鱼鹰子都是厉害角色，在竹竿上立成一排，碧绿的眼里射出寒凉的光，有时会歪侧脑袋打量走近身边的人，或是“咕啾”一声拉下一泡白石灰水一样的便溺。天气转暖，就有人担着鹰子艇下到圩堤下的河里捕鱼了。放鱼鹰子的人，有的穿件牛皮罩衣，有的只是在腰间扎了一条防水的黑色橡胶围裙，两腿各绑了胶皮。鹰子艇是一对一人来长的连体艇，中间隔着一尺多宽的空隙，人钻到中间可以挑起来走路，放到水里，叉开双腿一脚踏住一边，能稳稳地站上面用竹竿撑行。挑行时，这些歇了多日的鱼鹰子分立在艇两边木架上，一个个都好像很兴奋，不停地鼓嗉子，扇翅膀，有点迫不及待的样子。

看鱼鹰子捉鱼，是一件快乐的事情。放鱼鹰子的人把鱼鹰子赶下水，篙子一摆，鱼鹰子一齐扎进水底。过一会子，这里冒一只出来那里冒一只出来，口里衔着亮闪闪的鱼，向船边游来。伸出竹篙一拖，挂住脚上的一个卡子，收回竹篙，将鱼鹰子抓到手里，就势扒开钩状长嘴，朝着艇舱一摁，就有成串的鱼落下，连同已吞入喉中的鱼都吐了出来。被重新扔入水中的鱼鹰子，翻身又一个猛子潜下水……

放鱼鹰子的人左顾右盼的观察着四周水域，顺流而下且捕且赶。捕鱼的高潮，是下游的鱼鹰子兜抄上来了，几条鹰子艇呈合围之势。那些人脚踏鹰子艇，剧烈晃摇，嘴里“哦嗬”“哦嗬”的喊着，挥动竹竿击打水面“啪啪”作响。水浪叠起，鱼鹰子仿佛大受鼓舞，激情高涨，纷纷窜跃着猛往水里扎，在水底脚蹼和翅膀并用，上下穿梭，忙得不亦乐乎。水底的鱼

<<<
鱼鹰(鲈鹚)

藏不住了，慌不择路拼命地逃窜，能看到鱼鹰子伸着长脖子在水下追撵的黑乎乎身影。眨眼工夫，一只嘴里叼着鱼的鱼鹰子浮出水面，接着又是一只……有时两三只鱼鹰子合抬一条大家伙，任凭水中如何波翻浪激，它们那尖钩一样的利喙死死叼紧鱼腮不松口。

捕鱼前，鱼鹰子要熬一熬的，不给它们吃，饿着肚子才会卖力地干活。只有等收工回到家，才会解去每只鱼鹰脖子上的套环，把它们拎到渔棚的架子上，将小鱼全部拿过来，一条一条地抛给已有点饿坏了的鱼鹰们吃。至于那些品相好的大鱼，是要拿到街上去卖钱的。

鱼鹰子很贵重，听说两只鹰能值一条大牯牛的钱。一只好的鱼鹰子，一年下来能捕到1000多斤鱼。北埂上那几家的鱼鹰子最初是怎么来的，不知道。但我见过同桌张四九家用老母鸡抱孵鹰蛋，一共6颗，和绿壳鸭蛋没有区别。后来出壳4只小鹰，张四九偷偷带我看过，浑身光溜溜的，寸毛不生，却有一张钩子嘴，同小鸡小鸭的差别太大。一家人宝贝得不得了，日夜守护着，生怕出意外。先是喂些煮得半熟的小鱼，有时也加点豆腐，后来就喂整条的泥鳅。下雨天一时弄不到鱼，就买来猪肉剪成细条喂下去……4 个小家伙长出茸茸细毛，细毛又渐渐换成大羽，最后就成了大鱼鹰子。两年后，他们家卖了两只，将原先的三间矮草屋升高，换了梁柱，盖了瓦，装上玻璃窗，屋里亮堂多了。

童年的路径和树丛，早已在星光下漂移远去。

现在，北埂这村子没有了，因为兴修水利，堤埂的护坡都覆上了水泥板，埂上人家也都拆迁移民并村了。河道里冬天时几乎断流，附近的那些水塘，要么是拉满了养蚌的线绳，要么差不多给淤塞。清风流水，涟漪微动……则成为一种文学的想象了。

鱼儿们无水可游，还有养鱼鹰子的人家吗……